女弁慶

剣客大名 柳生俊平 4

麻倉一矢

時代小説

二見時代小説文庫

目次

女弁慶

——剣客大名 柳生俊平《としひら》 4

第一章　両国《りょうごく》川開き

一

「まあ、なんと見事な花火でございましょう」

夜闇を鮮やかに彩《いろど》る光の華《はな》の軌跡を追って、伊茶姫《いさひめ》が柳生俊平《やぎゅうとしひら》の隣でうっとりとした顔でつぶやいた。

「まあ、ほんとうに！」

どちらかというと花火より酒の口の一万石大名立花貫長《たちばなやすなが》の側室となった矢場の女おひさが、窓辺から見えるまばゆい閃光に明るい声をあげた。

享保《きょうほう》十八年（一七三三）、五月二十八日。その日は、待ちに待った両国《りょうごく》の川開きである。

後世の記録『東都歳時記《とうとさいじき》』には、

――両国橋の夕涼み、今日より始まり、八月二十八日に終わる、
とある。

さらに、

――これが江戸の夜店の初めを成し、貴賤《きせん》の別なく群れ集まり、大賑わいとなり、茶店、見世物小屋が立ち並んだ。

とも記されている。

この年、西日本は飢饉《ききん》がうちつづき、また江戸でもコロリ（コレラ）が大流行して、多くの死者を出した。

これを重く見た時の将軍徳川吉宗《とくがわよしむね》は、その厄払《やくばら》いの意味を込めて、〈水神祭《すいじんさい》〉という水の神様のお祭を催し、この日から川開きとするとともに、夜店や屋台の出店を許し、鍵屋《かぎや》一店に花火の打ち上げの許可を与えたのであった。

このときの鍵屋の主《あるじ》は六代目鍵屋弥兵衛《やへえ》。打ち上げられた花火の費用は、この川開きで儲ける周辺の船宿や料理茶屋で賄《まかな》った。

おかげで両国界隈《かいわい》の店々はどこも満員で、納涼船《のうりょうぶね》も競うように川に繰《く》り出し、さしもの大川《おおかわ》（隅田川《すみだがわ》）の水面が隠れるほどであったという。

「いやァ、さすがにお江戸だね。このように華やかな花火を見たのは、生まれて初めてのことだ」

柳生藩主柳生俊平と戯《たわむ》れに結んだ〈一万石同盟〉の一人伊予《いよ》小松藩《こまつはん》のご藩主一《ひとつ》柳《やなぎ》頼邦《よりくに》がそう言って、酔いのまわった顔を窓辺に突き出せば、

「頼邦さまのお国の花火は、どのようなものでございます？」

武家ことばに馴染《なじ》んだばかりのおひさが、お愛想半分、上品な口ぶりで頼邦の背に問いかけた。

「なに、鼠花火《ねずみはなび》のようなものがあるだけだ」

恥ずかしいのであろう、頼邦が無愛想に応じる。

「まあ、玩具の花火――！」

おひさが、ふふふと皮肉に笑いながら言う。

「まこと、玩具のようなものであった」

ちょっと口を尖《とが》らせて、頼邦がおひさに言った。

「なあに。わしのところは、そのようなものではないぞ」

立花貫長が、ちょっと得意げに胸を張った。

「立花家は、もともと藩祖立花宗茂《むねしげ》の義父道雪《どうせつ》の鉄砲隊で名を馳《は》せた戦国の家だ。そ

の伝統があるでな。花火のほうも、これでかなりのものだ」

「立花道雪といえば鉄砲の弾込めの秘術「早合《はやごう》」を開発したことで名を馳せた武将であったな。あれはたしか、一発分の弾《たま》と火薬を筒状にし、その束を鉄砲隊の肩に担がせるというやり方であったな」

座敷にもどった俊平が、おひさの向ける酒器の酒を鷹揚《おうよう》に盃で受け、隣の立花貫長に体を傾けて訊《き》いた。

供の者を別室に退け、親しい小大名とその一族だけで興じる宴《うたげ》だけに、今宵《こよい》の俊平はすこぶる明るい。

「よく存じておるな、柳生殿。関ヶ原《せきがはら》の合戦では、大津城《おおつじょう》を攻めた立花軍の三倍速い弾込めの猛攻に耐えられず、鉄砲狭間《はざま》を閉じたという」

立花貫長が誇らしげに言った。

「わしも知っておる。だが、その鉄砲の早込めの技術が、いったい花火とどうかかわることになるのだ」

小振りの盃の手を休め、一柳頼邦が怪訝《けげん》そうに貫長を見かえした。

「あら、一柳さま、それくらいなら、あたくしだって存じておりますよ」

おひさが、得意げに横から口をはさんだ。

「うむ？」

「太平の時代には、砲術師も火術家もすることがなくなり、花火づくりに専念するようになったのでございましたな」

おひさがそう言って、立花貫長にしなだれかかった。

「まあ、そういうことだ」

貫長が、よく知っておったなと、感心したようにおひさを見かえした。

だがこれは、半月ほど前に貫長がおひさに教えたものだが、もう忘れている。

「それが、わが本家の柳河《やながわ》藩の花火が当代一と言われるゆえんだ」

貫長は得意気に下顎《したあご》を突きあげ、おひさの注ぎ過ぎた盃の酒を迎えにいった。

「まあ、それは見てみとうございます」

伊茶姫が、おひさと目を見あわせてはしゃいでみせた。

また、川縁《かわべり》で花火が上がったのであろう。見物客の間から大きな喝采《かっさい》が起こった。

岸辺で上がった見事な立ち花火が、高く噴《ふ》き上がっている。

俊平が窓辺に立ち、また外をのぞいた。

気がかりなのは、花火よりも両国橋の人の群れで、なんだか気のせいか橋脚がたわんで動いているように見えたからである。

「まあ、ほんにあれでは橋が落ちてしまうかもしれません」

伊茶姫も立ち上がり、俊平と寄りそって心配そうに窓から橋をながめた。

「まこと、命懸けの花火見物だな。だが、江戸の庶民にとっては、これほどの愉《たの》しみはちょっと他にあるまい」

俊平が、席に戻って盃を取った。

「そうかの」

一柳頼邦が、俊平の顔を見かえした。

「芝居見物もよいが、あれはそれなりに金がなくては愉しめぬ。それに、小屋の席数も限られておる。だが、花火はこうして貴賤の区別なく誰でも愉しめる。上様《うえさま》も、まことよいことをなされた」

俊平が目を細めて言えば、

「まことでございます。花火はよいもの。天を治める八百万《やおよろず》の神々がご機嫌よくなられて、このところの飢饉やコロリを鎮《しず》めてくださればよいのですけれど」

伊茶姫が、祈るような口ぶりで言った。

伊予小松藩の飢饉は深刻で、昨年は数百人もの死者が出たという。

「八百万の神々も花火見物か。面白いことを言うな、伊茶どのは」

今では伊茶の剣友といってよい大樫段兵衛《おおがしだんべえ》が、愉快そうに笑った。

「まあ、そうでございましょうか」

伊茶姫が、ちょっと浮かれて段兵衛にからんで言った。

「お強い伊茶姫が、か弱き女人のような口ぶりで申されたからの」

「わたくしも、女人でございます。ことに、お酒が入れば」

伊茶姫はそう言うが、なかなか酒豪のようである。

「して、柳河の花火も、江戸と同じようなものなのか」

俊平がゆったりと受けた伊茶の酒を口に運びながら、こんどはもう一人の一万石大名立花貫長に訊ねた。

「いや、ちがう。大名花火というものでの。狼煙《のろし》の花火なのだ」

「狼煙花火……?」

「狼煙を上げるように打ち上げて、ひと筋に高く飛ばす。やがて、弧《こ》を描くようにしてゆっくりと落ちてくる。それがまたよい」

この時代の花火は、いわゆる立ち花火や仕掛け花火と言われるものである。

ここで言う狼煙花火の要素が加わる打ち上げ花火が本格的に登場するのは、まだだいぶ時代が下《くだ》ってのことになる。

「そういえば、そういう花火もございますね」

伊茶が、しばらく前に見た大名花火を思い出して言う。

「この大川でも、周辺に屋敷を持つ大名が、金持ちの商人と競うように狼煙花火を打ち上げるようになってきた。我が藩は一万石の貧乏藩ゆえ、そのようなことはとてもできぬが」

一柳頼邦が言う。

「そういえば、そういう花火もあったの」

たしかに俊平も、大川左岸の伊達《だて》藩下屋敷あたりから狼煙のように上がった花火を見たことがある。

これは、俊平が後で聞いた話だが、その折には見物人が集まりすぎてその重さで藩邸近くの万年橋《まんねんばし》が折れてしまったという。

また、開け放たれた窓から大きな喝采が聞こえた。

眩《まばゆ》いばかりの花火が、川縁を染めている。流星、玉火、牡丹《ぼたん》や蝶《ちょう》などの見事な仕掛け花火である。

「まあ、なんときれいな……」

窓辺に寄った伊茶姫が、ふりかえっておひさと顔を見あわせた。

「あれも、ぜんぶ鍵屋の趣向だったな」

確かめるように、立花貫長が弟の段兵衛に訊いた。

「おそらく、そうだろう。幕府が水神祭で公認した花火業者は鍵屋のみ、まこと鍵屋は大したものよの」

段兵衛の言うところでは、木地師《きじし》の集落に生まれたという初代鍵屋弥兵衛は、大和《やまと》篠原村《しのはらむら》の花火工場に奉公に出て仕事をおぼえ、さっそく江戸に出て葦《あし》の管《くだ》に練った火薬を詰めた玩具花火を売り出し、大成功をおさめる。

そして今や、鍵屋は江戸の花火文化の先端を走っているのであった。

と突然、隣室からどよめきが起こって、女人の高笑いが聞こえてきた。

「隣の座敷は、ずいぶんと賑やかだな」

それを耳をすまして聞いた俊平が、貫長に語りかけた。

「あの声は女人だ。だが、あのような野太い笑い声は、この江戸の女にはおるまいな」

立花貫長が言う。

「あら、そんなことまでわかるのですか？」

伊茶が、不思議そうに貫長を見かえした。

「この人、ずいぶんとお国じゃ遊んでいたそうだから」

皮肉げにおひさが言って、貫長の腕をつねった。

「これ、痛いではないか」

貫長が顔を歪《ゆが》めて腕をさすると、

「まあ、お仲のよろしいこと」

伊茶が、兄の頼邦と顔を見あわせた。

「柳河には、そのような愉しいところがあるのか」

一柳頼邦が、目の色を変えて貫長の横顔をのぞき込んだ。

と、また大きな炸裂音《さくれつおん》があって、夜空がパッと明るくなる。それに釣られるように、隣からまた女人の高笑いが起こった。こんどは男たちの喝采もどっと入る。

「あれは、九州の女だな」

貫長には、なにやら声の抑揚《よくよう》でわかるらしい。

「九州は、女傑《じょけつ》の国だからな」

一柳頼邦が、嬉しそうに笑った。

「そんなに、女傑が多いのでございますか」

伊茶が、真顔になって貫長に訊ねた。

　伊茶姫は今日は艶《あで》やかな小袖姿だが、普段は男に負けず二本差しでなかなかのびのびとやってきただけに、女の豪傑とはどのようなものか興味を持ったらしい。

「ああ、九州には女傑がまことに多い。有名なところでは、まず龍造寺隆信《りゅうぞうじたかのぶ》の母慶《けい》誾尼《ぎんに》だ。息子龍造寺隆信が島津家久《しまづいえひさ》の猛攻に戦死すると、慶誾尼は家臣の勇将鍋島清房《なべしまきよふさ》の元に押しかけ女房として入り、以来、息子の直茂《なおしげ》は慶誾尼の薫陶《くんとう》を受けて、龍造寺家を建て直すこととなる。

「柳河藩にも女傑がおったぞ。立花道雪の娘、誾千代《ぎんちよ》だ。女の城主として立花宗茂が婿にくるまで男といつわり立花家を守りぬいた」

「えっ」

　驚いて、貫長を見かえした。

「まことに、女のご城主だったのでございますか」

「戯《ざ》れ言《ごと》ではない。まこともまこと。家中《かちゅう》で相談して、世継ぎがおらぬのでお取り潰しにあわぬよう主家の大友《おおとも》家に届け出て、姫を男として家を継がせたのだ」

「しかし、よく主家に気づかれなかったものよな」

　一柳頼邦が、呆れて貫長を見かえした。

「ああ、危ないところであったよ。見つかっておれば、今日《こんにち》のわしはない」

貫長が、苦笑いしてまた盃を取り上げたとき、ふたたび隣室から女人の高笑いが聞こえた。

「そうそう。伊予にも一人、女傑がおったな」

段兵衛が、伊茶姫を見かえして言った。

「女人ながら、剣は免許皆伝級、心意気もけっして男などに負けておらぬ」

俊平が、伊茶姫を見かえし褒《ほ》めあげると、

「まあ、俊平さまにそのように茶化されると、伊茶は悲しうございます」

伊茶姫は、恨めしそうに俊平を見かえした。

「伊茶姫めも、久しぶりに酔ってしまったようだ」

兄の一柳頼邦が呆れて妹を見かえした。

「やや、あの声、どこかで聞いたおぼえがあるが」

段兵衛が、顎を指でつまんで首を傾げた。

「聞いたことがあるだと……？」

兄の立花貫長が、怪訝そうに弟の顔をうかがった。

「たしかに聞いた。あれは、ご本家の柳河藩でのことであった」

半月ほど前に、段兵衛は柳河藩主立花貞俶《さだよし》に招かれ、藩士に剣談を講ずるため下谷《したや》御徒町《おかちまち》の藩邸に足を運んだ。盛大にもてなされ、藩主と家臣の前で修行中の苦労話や、奥州《おうしゅう》で会った諸流の剣士のことを話して聞かせると、さすがに武勇で鍛えた雄藩だけに、藩士一同目を輝かせて段兵衛の話に聞き入ったという。

「あの折、あの女が同席していた」

立花貞俶の妹で義父鑑任《あきたか》の妾腹《しょうふく》真弓姫《まゆみひめ》である。

姫は、勧められた縁談話を放り出し、死ぬの生きるの大騒ぎの後、藩の重臣榎本《えのもと》某《なにがし》のもとに嫁いだが、不運にも夫に先立たれ、頭を丸めて尼となり、妙春院《みょうしゅんいん》と名を変えた。だが、持ち前の男勝りの気性で、藩の財政難を見るに見かねて、なんとかせねばと藩に戻ってきたという。

いかにも九州の女傑といった気概溢《あふ》れる女人で、藩の財政を立て直すため、柳河の特産物をあれこれ検討したあげく、今は柳河伝統の花火を検討中、と段兵衛はみなに紹介した。

「兄者、あの声、妙春院どのに似ておらぬか」

「おお、そういえば。いや、これはまちがいないぞ」

立花貫長が、驚いて立ち上がった。

「どこへ行く、兄者」

「わしは逃げる」

「えっ」

俊平が、驚いて貫長を見かえした。

「なぜ、お逃げになるんです」

おひさが、眉をひそめて貫長を振りかえった。なにか、複雑な関係にあるのではないかと疑ったらしい。

「いや、あの女《ひと》は苦手なのだ」

「なんでございます」

おひさが食い下がった。

「昔、追い回されたことがある」

「なんじゃと」

段兵衛が、目を剝《む》いて兄を見かえした。

「いやな。妙春院が嫁ぐ前のことで、まだ真弓姫と名乗っておった頃のことじゃ。わしもまだ、元服《げんぷく》を済ませたばかりの若造でな。むろん、正室もおらぬ頃だ。あの真弓姫がわしのことを好いたことがあったのだ。だが、わしはあのような強面《こわもて》の女が苦手でな。それに、幕府を通して他家からの縁談ももちあがっており、その前に側室を持つわけにもいかなかった」

「まあ、座れ。兄者」

段兵衛が、兄の腕を取って座らせると、膝を詰めて問いかけた。

「あやつは、一時ひどくうちひしがれ、思い詰めていたが、ついに諦めて、武術に打ち込みはじめた」

「武術に！」

「それが、なにごとにも熱くなるあの気性ゆえ、武術も並大抵の腕ではなくなった。立花宗茂以来の御家流であるタイ捨《しゃ》流は免許皆伝。さらに、薙刀《なぎなた》も女人とも思えぬ腕前で、弁慶《べんけい》さながらであった」

「それは、なんともすばらしいお方でございますな」

伊茶が目を輝かせた。同じ武術を志す女どうし、気ごころが通じあえる女《ひと》と思ったらしい。

「ぜひ、お会いしとうございます」

「まことか、姫」

段兵衛が、伊茶を見かえした。

妙春院と伊茶姫が意気投合《いきとうごう》したら、とてもかなわぬとでも思ったか、段兵衛も躊《ちゆう》躇《ちょ》してみせたが、伊茶の言うことなら、段兵衛はこれまでたいがい聞いてやっているだけに、拒《こば》むこともできない。

伊茶もそのことを承知しており、段兵衛を見かえし、念を押すように微笑《ほほえ》んだ。

段兵衛は、兄が嫌がるかもしれぬと、一瞬困った顔をしたが、

「私も、お会いしたいものだ」

俊平も、乗り気になってしまった。

同じ新陰流《しんかげりゅう》流祖上泉信綱《りゅうそかみいずみのぶつな》に繋《つな》がるタイ捨流を修めた女人との剣談も面白かろう、と思ったのである。

「いや、やめておいたほうがいいぞ。あの女はおそろしい」

立花貫長が、真顔で俊平の袖を引いた。

「なんと、情けないことをおっしゃいます」

おひさが、貫長を見すえた。

おひさの前夫新垣甚九郎《にいがきじんくろう》は、剣の道を究めて奥州を彷徨《さまよ》い、辛い修行の日々に明け暮れ、多くの兵法者《ひょうほうしゃ》と立ち合ってきた。おひさにしてみれば、女武芸者ごときに恐れをなす貫長が、いかにも不甲斐ない男と思えるらしい。

「ならば、この目で見てまいります」

好奇心を押さえきれなくなった伊茶が、すっくと立ち上がった。

「これ、伊茶。いいかげんにいたせ」

一柳頼邦が、貫長に遠慮して妹の袖を引いた。

「こちらのお部屋に連れてこなければ、よろしいのでございましょう」

伊茶姫が、貫長を見かえして訊ねた。

「まあ、それは……」

貫長が、ボリボリと頭を掻《か》いた。

一柳頼邦は、貫長を見かえし、

「伊茶どのが、そうまで申されるなら……」

貫長も、もはや姫を押さえるのは無理と思ったか、観念して渋々曖昧《あいまい》にうなずいてみせた。

二

「まあ、立花さま。お久しぶりでございます」

しばらくして廊下の側の襖《ふすま》が大きく開き、堂々たる押し出しの女丈夫《おんなじょうふ》が、すぐに立花貫長をみとめて声をあげた。

「あっ……」

貫長が声をあげて、おひさの陰に隠れた。

だが、その女人の眼差しはすでに段兵衛に移っており、貫長は拍子《ひようし》抜《ぬ》けしたように肩を落とした。それから妙春院はまっすぐに段兵衛に歩み寄ってくる。

「おお、妙春院どのか」

段兵衛は、気圧《けお》されるように身を引いたが、周囲の目を気にし、

「あの折は、まこと愉しきひとときでござった」

と、相好《そうごう》を崩すと笑い顔を向けた。

伊茶姫が、後から部屋に入ってくるなり、

「その……、申しわけござりませぬ。妙春院さまが、ぜひにも皆様にお会いしたいと申されて……」

「なんの遠慮があろうものか、この方々はわたくしの身内です」

妙春院はそう言って、俊平と一柳頼邦にも目をとめ、

「お寛《くつろ》ぎのところ、お邪魔いたします」

と、あらたまって挨拶をした。

立花貫長が、俊平と一柳頼邦を一人一人丁寧《ていねい》に妙春院に紹介した。

「まあ、柳生さま」

眩《まぶ》しそうに妙春院が目を輝かせて俊平を見かえした。

俊平も、あらためて妙春院を見かえし、目を瞠《みは》った。

野太い声の高笑いをあげる女人ならば、さぞかし大きな顎と男まさりの眼力をもつ達磨《だるま》のような大柄の女傑と想像していたが、なるほどつくりは大きいし、派手な造作ながらよく整っており見ようによってはなかなかの美形である。

眉太く黒目がちの双眸《そうぼう》は大きく見開かれ、口元はしっかり結ばれて力づよい。西国の強い日差しにも負けぬ色白の肌、きりりとした眼差しは、江戸前風に言えば腹の据《す》わった姐御《あねご》といったところである。

「それにしても、妙春院どのがなぜこの船宿に」

貫長が、うかがうように問いかけた。

「じつは今日が、わたくしどもの商いの初日なのです」

妙春院は、一同を見まわし胸を張った。

「商売……?」

「花火屋を始めております」

「なんと、花火屋！」

貫長が驚いて、段兵衛と顔を見あわせた。

「我が柳河藩のご先祖さま立花道雪は、鉄砲の早撃ちのために工夫を加え、火薬を紙筒に小分けする「早合《はやごう》」なる技を考案され、散々に敵を蹴散らしました」

「そうであった」

貫長が、うむうむとうなずいた。

「太平の世となって、残念ながらこの誇るべき技も使い道はなく、廃《すた》れるところでございましたが、我が藩の火薬師は、この技にて見事な火薬の花を咲かせました」

「鉄砲の黒色火薬が、花火に変わったというか」

「柳河の花火は、それは見事なもの。京、大坂《おおさか》からもわざわざ見物に来る者もおるほどでございます」

「京、大坂から。それは大したものよ」

「これも、早合の伝統があってのこと。火薬の処理を小分けした紙筒に詰めますと、安全なうえに、大量の火薬を上手《じょうず》に包み込むことができます。それゆえ柳河の花火は規模も大きく、美しいのでございます」

「なるほどな。だが、ここ両国の川開きでは花火は鍵屋一店が受け持ち、柳河の花火が用いられているとは聞いておらぬが」

貫長は、いぶかしげに窓の外をうかがった。

「たしかに、幕府がこの水神祭に認可を与えたのは鍵屋さまのみ。我らが柳河藩の出店〈有明屋《ありあけや》〉は江戸に店を構えたものの、細々と玩具花火を売るばかりで、残念ながらこの川開きに花火業者として食い込むことはできませんでした。しかしながら、ここが踏んばりどころと我らは鍵屋の下請《したう》けに甘んじ、幕府の認可を受けるまで辛抱《しんぼう》強く待つことにしたのでございます」

「そうか。だが、商人の下請けか」

貫長が、不満そうに妙春院を見かえした。大名家が商人の下請けに甘んじることが、大名の貫長には面白くないらしい。

「なんだ、ではございませんぞ。貫長殿」

妙春院が、むっとして貫長を見かえした。

「我が藩の内情をご存じないゆえ、そのように悠長《ゆうちょう》なことを申されるのでございます。我が藩はここ数年うちつづく飢饉に疲弊《ひへい》し、家臣の俸禄《ほうろく》も一部返上、みな切り詰めるだけ切り詰めて、必死で藩の財政を建て直しておる最中なのでございます。当節、いずこの藩も年貢《ねんぐ》のみで藩を維持することは難しく、諸国に売り出す特産物のひとつふたつは考え出しております」

妙春院が、畳をたたかんばかりに貫長を叱咤《しった》した。

「そんなものかの」

貫長は、どこか他人《ひと》ごとのように俊平を見かえした。

俊平は、妙春院を見かえしうなずいた。

あらためて、何処《いずこ》の藩も国表の財政が厳しいことを思い知らされた思いであった。

とはいえ、柳生藩のような小藩では、これといった産業を興《おこ》すことも難しい。

「当藩とて同じこと。本年は米も麦も減収につぐ減収。農民から反対に金を借りて凌《しの》いでおるほどだ」

一柳頼邦が情けなさそうに言って、伊茶姫を見かえした。

「いや、いや、ご立派。その腹づもりであればこそ、商人の下請けもできるのであろう」

俊平もあらためて妙春院を見かえし、称賛《しょうさん》すると、

「誰もやらねば、わたくしがやるしかないのでございます」

妙春院はそう言って、俊平にうなずいた。

妙春院は、俊平を話のわかる男と見たらしい。

「ご挨拶が遅れました。さきほど、柳生さまとご紹介いただきましたが」

「いかにも」

「あなたさまの柳生新陰流には、大変興味がございます。勝手なお願いではございますが、いちど貴藩の道場に稽古にうかがい、新陰流のご門弟と稽古をさせてはいただけませぬでしょうか」

妙春院が、目を輝かせて言う。

「それはもとよりのこと。妙春院どのはタイ捨流を修められたとのこと、同じ流祖上泉信綱から出た新陰流、門弟たちも喜びましょう」

「されば、その折、段兵衛様に一手ご指南いただきとうございます」

妙春院が、いきなり段兵衛を振りかえって膝を乗り出した。

「わたくしは、段兵衛さまの新陰治源流《じげんりゅう》にもおおいに興味がございます」

「はて、それはよいが」

段兵衛が、ちらと俊平を見かえした。

「なにゆえ、柳生殿に一手ご指南いただかぬのか」

「わたくしの剣では、とても将軍家御家流のお相手になるものではないと心得ております。わたくしは、まず段兵衛さまと立ち合ってみとうございます」

「私とか――」

段兵衛が、あらためて妙春院を見かえした。

「兄の貞俶からは、同じ立花の血を引く段兵衛さまともっと親しく接するように勧められております。また、とても面白いお方と」

「伯父《おじ》上は、いったい何を考えておられるのか」

貫長が不思議そうに首をひねると、おひさが、

「きっと」

と耳打ちした。

おひさは、本家の立花貞俶が跳ねっかえりの妹に手を焼き、独り身の段兵衛に添わそうと考えていると思ったらしい。

「しかたない。妙春院どのの得物《えもの》は」

「わたくしは、薙刀でお相手いたしとうございます」

「薙刀か。それはちとやりにくい。薙刀などとは、立ち合ったことがない。長尺物《ちょうじゃくもの》は、間合いを見切るのがむずかしそうだ」

「なんの、ご謙遜《けんそん》でございましょう。兄の立花貞俶は、段兵衛さまは天下無双、知るかぎり、柳生様の次にお強いと申されておられました」

「伯父上も、いいかげんなことを申される」

「いいえ、本当でございます。段兵衛さまはとてもお強いお方でございます」

伊茶も、事情を察して熱心に勧める。

「後で段兵衛さまの弱点をこっそりお教えします」

伊茶が冗談半分にそう言ったところで、

「それより、妙春院どの。あちらの座敷に、お客人を残しておられるのでは」

俊平が隣の宴席に残した妙春院の客に気づいて問いかけると、

「あ、そうでございました。うちの花火職人でございます。ようやく下請けした花火が上がったので、祝杯を上げていたところでございます」

「ならば、こちらに呼べばよろしかろう」

俊平が、一柳頼邦と顔を見あわせうなずくと、

「しかし、お殿さま方のお席に……」

「なんの、賑やかでよい。みなと楽しくやろう。花火づくりの話をぜひ聞きたいものだ」

俊平が鷹揚に応じると、妙春院は嬉しそうにみなを呼びに部屋にもどっていった。

その夜の宴は七人の花火職人を交えて夜遅くまでつづき、三人の一万石の大名もそ

の供の者も、そのまま船宿に泊まりとなってしまった。

三

その日、柳生道場の壁際は立錐《りっすい》の余地もなく門弟たちで埋めつくされた。

稽古着の門弟たちに、御殿から駆けつけた藩士も混じっている。

めずらしい男女の立ち合い、しかも異種の得物による試合が行われようとしている。

新陰流独特の蟇肌竹刀《ひきはだしない》に対するは薙刀で、しかもそれを操るのは女人である。

尼僧姿に立ち返り、ぜひとも段兵衛と立ち合いたい、と妙春院が薙刀をひっさげて柳生道場を訪ねてきたのは、両国の川開きの宵から三日ほど経ってのことであった。

妙春院は段兵衛に強い関心を持っている。どう吹聴《ふいちょう》されているのかは見当もつかないが、よほど強いと思い込んでいるのだろう。

俊平はにやにや笑いながらそう思った。

——さればせっかくの異種試合。まず門弟と立ち合われては。

そう、俊平が誘いかけると、妙春院は快諾し、まずは腕達者の門弟たちが、道場にあった稽古用の薙刀を握る妙春院の相手をすることになった。

門弟の得物も、いつもの蟇肌竹刀ではなく木刀である。

門弟たちも女人との対決は、伊茶ですでに経験していたが、薙刀を握る女丈夫との立ち合いは初めてで、しかも発する気合にみな圧倒され、勝手のわからない薙刀の自在な動きに翻弄《ほんろう》されて、つぎつぎに敗《やぶ》れていく。

瞬《また》く間に十人ほどの門弟が、道場の床に崩れ込んだ。

一方、妙春院はと言えば、まだ息も乱れていない。

みな、あらためてこの女丈夫を化け物でも見るように見かえした。

「されば、段兵衛さま。ひと手ご指南いただけましょうか」

妙春院が振りかえって、いよいよ道場正面俊平のすぐ脇に座す段兵衛に声をかけると、段兵衛は気圧されたように身を引き締めた。

だが、逃げるわけにもいかず、やむなく木刀をつかんで道場中央に進み出る。

双方、五間間合いをとって蹲踞《そんきょ》し、対峙《たいじ》する。

妙春院は薙刀を下段に取り、ゆっくりと段兵衛との間合いを詰めていった。

段兵衛は、勝手のわからぬまま結局ズルズルと後退していく。

妙春院は、薙刀の長尺を活かすのが上策と考えたのだろう。間合いを残し、深く追ってこない。

妙春院は、優位のまま段兵衛を追いつめていく。だが、段兵衛を見る目はやわらかい。

睨み合いが、しばらくつづいた。

ようやく妙春院が薙刀を上段に振り上げ、誘うように前に出た。

すべるような足どりで、その動きは美しい。

それに合わせて、妙春院の気迫に追い詰められた段兵衛が、これではいかんと前に踏み込んでいく。

妙春院は、上段に打ちかえすと見せて、斜めから横に薙刀を振り下ろした。

それを、段兵衛は八相《はっそう》に受け、すかさず面に撃ちかかると、妙春院は後方に飛んでそれを避ける。

こんどは妙春院の長尺の薙刀が、段兵衛の胴を払った。

段兵衛があわてて後方に逃れれば、すでに道場の壁際まで追い詰められている。

どうも勝手がわからぬといったていで、段兵衛は首をひねりながら道場をゆっくりと回りはじめた。

そうしながら、また間合いを少し詰めていく。

妙春院は、また薙刀を頭上で旋回させると、

「やっ！」

そのまま上段から、打ち込んでいた。

機を見た段兵衛は、一気に踏み込んで、妙春院の空いた胴に撃ち込んでいく。

だが、妙春院の薙刀の柄が翻《ひるがえ》り、いきなり段兵衛の足を払った。

あっ、と小さく叫ぶと、段兵衛は道場の床に崩れ込んでいる。

道場を埋めつくす門弟の間から、どよめきが起こった。

師範代新垣甚九郎の他、門弟では太刀打ちできなかった大樫段兵衛が、あっさり敗れたのである。

「段兵衛さま、大丈夫でございますか」

妙春院が、段兵衛に近づいて、いたわるように手を差し出した。

「なんの、もう一本」

「もはや、ご容赦《ようしゃ》を。今の一本はまぐれにございます。次はきっと負けまする。それに段兵衛さまの木剣は迫力があり、恐ろしい」

妙春院は、そう言って首をすくめてみせた。

「ならば、わたくしにお相手させていただけませぬか」

伊茶姫が、木剣を取って前に進み出たとき、

「いや、木剣と薙刀は、いささか危険。ここは私が相手になろう」

神棚下に座し腕を組んで見物していた俊平が、やおら立ち上がり、道場の中央にすすみ出た。

「その儀は……」

妙春院が、尻込みした。

俊平は不思議であった。段兵衛に勝った実力をもってすれば、俊平ともよい勝負ができよう。だが、妙春院は気後《きおく》れしている。

おそらく自分のものは地方の剣術、相手は将軍家剣術指南役、と買いかぶっているのであろう。

「わたくしは、段兵衛さまと稽古試合ができただけでじゅうぶん満足でございます。柳生様とでは、きっと相手になりませぬ」

「なんの、妙春院殿はじゅうぶんにお強い。私は、薙刀と立ち合ったことがない。気軽な立ち合い稽古です。ぜひお手合わせ願いたい」

俊平に穏やかにそう言って頭を下げられれば、妙春院も断るわけにいかない。

「それでは、お手やわらかに」

妙春院は、一礼して間合いをとると、

「こちらこそ」

俊平も、門弟の差し出す木剣を受けとって、後方に退がる。

双方、五間の間合いをとって蹲踞《そんきょ》した。

およそ三十人ほどの門弟たちが、固唾《かたず》を呑んで両者の立ち合いを見守っている。

よもや俊平が負けるとは思っていないが、段兵衛の敗北を見れば、あるいはという危惧《きぐ》はある。

一方、妙春院はタイ捨流も修めただけに、同じ新陰流の道統を汲《く》む柳生新陰流の〈後《ご》の先《せん》〉を警戒し、慎重に俊平の動きを見守った。

俊平も薙刀の見切りにまだ馴染《なじ》んでいないので、軽々《けいけい》に動くことができない。

しかも、薙刀は刃先ばかりでなく柄もまた反転して繰り出されてくるのは段兵衛との立ち合いで確認している。薙刀はあたかも二刀の刀のごとく順次繰り出され、息を継ぐ間もなく二撃、三撃が踏み込んで俊平を追ってくるのである。

補《おぎな》うには、長さの不利を深く内懐《うちぶところ》に飛び込むよりないが、容易に踏み込んでは柄の反撃を食う。

双方、じっと見合って数瞬が過ぎた。

「いざッ！」

妙春院が、静寂を破って気合を放った。

「おお」

俊平も、野太い声で応じる。

それぞれスルスルと前にすすみ、踏み込んでいくと、いきなり頭上で翻った妙春院の薙刀が、俊平の足元に襲いかかった。

俊平はそれをかわして高く跳び、ひらりと着地した。

すかさず翻った妙春院の第二撃が、ふたたび俊平の足元をすくう。

ぎりぎりに見切って俊平はふたたび跳ね上がると、一間を跳び俊平は次の瞬間、妙春院のすぐ横近くに舞い降りている。

門弟から驚きの声があがった。あたかも俊平が宙空で妙春院の薙刀に乗ったように見えたのである。

「ええい!」

ふたたび翻った妙春院の斜め上段からのひと振りが、今度は俊平の胴を狙った。

「あっ」

詰めかけた門弟たちが、またいっせいに息を呑んだ。

俊平の姿が一瞬消えたかに見え、次の瞬間、妙春院の背後に飛び下りて、ぴしゃりとその肩に刃を当て、寸止めにしているのである。

「まいりました」

妙春院が、がくりと肩を落とし、薙刀を退《ひ》いて一礼した。

道場から、一瞬を置いて安堵《あんど》の吐息がもれた。

「お見事でございます」

妙春院が、上気した声で叫び、崩れおちたまま床から俊平を見上げた。

まるで神々《こうごう》しいものを見る眼差しである。

「これほど一方的な負けは初めてでございました。いや、お強い」

妙春院が、俊平を見つめたまま茫然《ぼうぜん》とした口ぶりで言う。

「まるで、俊平さまは牛若丸《うしわかまる》のよう。わたくしが荒くれ者の弁慶のようで、まことに無様でございました」

「なんの。次は私が負けるかもしれません」

「いえ、将軍家剣術指南役は伊達《だて》ではございません。考えてみれば、わたくしなどが勝てるわけもないお相手なのでございます。身のほどを知りましてございます」

妙春院は、まだ興奮が冷めやらぬのか、俊平を見つめ涙さえ溜めている。

「いえいえ、妙春院さまも、お見事でございました」

伊茶姫が、慰めるように妙春院の肩に手を添えた。

「わたくしでは、たぶんかなわぬと思いますが、いずれひと手ご指南いただきたいと存じます」

「それは望むところ、と申しあげたいところなれど、はて、とてもしばらく薙刀を持つ気にもなれません。わたくしが、自惚《うぬぼ》れておりました。自信を取り戻すまで、いましばらくの時が必要でございます」

「まあ、そのような」

伊茶が、哀れんで妙春院の手を取り慰めたが、すっかり感じ入った妙春院は、一方でなにやら興奮を押さえることができないらしい。

俊平を見つめる妙春院の双眸は、どこまでも熱かった。だがその意味が、この時の俊平には、まだわからなかった。

四

「それじゃあ、俊平さま。そのお姫さまを、ご継室にお迎えなされるおつもりなので」

深川の料理茶屋〈蓬莱屋《ほうらいや》〉で梅次《うめじ》が、その日以来連日のように柳生道場に通いはじめたという妙春院の話を聞いて、面白そうに俊平の横顔をうかがった。

「冗談ではない」

俊平は、苦笑いして梅次を見かえした。

「なら、お嫌い？」

「好きも嫌いもない。ただ、何事にも誠心誠意打ち込む、あの女《ひと》の情熱には頭が下がる」

「まあ、女傑なのでございますね。この深川の男まさりの辰巳《たつみ》芸者の中にだって、そんな女《ひと》はいませんよ」

「いやはや、それにしても困ったことになった」

俊平が、また暗い目で腕を組んだ。

このところの妙春院の俊平を見る眼差しは熱く、連日のように道場を訪ねてきては、薙刀はひと休みと、蟇肌竹刀を握りしめ、門弟たちと激しい稽古をしている。

と思えば、御殿に移って、段兵衛や伊茶と熱っぽく剣談を重ね、ちらちらと俊平をうかがう。

——あの眼差し、妙春院さまは、俊平さまを好いておられるようでございます。

伊茶姫が女の勘でそう言えば、半信半疑であった段兵衛までが、近頃はうなずくようになっている。

好敵手の出現に、さすがに伊茶も落ち着きをなくし、

「妙春院さまに、俊平様を盗《と》られたくありません……」

と半べそをかく始末となっている。

（やはり、みなの申すとおりか……）

と、あらためて俊平が妙春院を見かえせば、その眼差しは熱すぎる。

困り果てて相談する相手もなく、俊平は今日、馴染みの芸者梅次に酒の力を借りてグチを言っているのであった。

それにしても、

——ご継室。

とは、俊平も呆れかえるばかりで、どっと落ち込む。

だが、正室のいないわずか一万石の大名に、格上の十万石の大名家の出戻り女が連日詰めかけてくれば、

——ご継室として、ちょうどお似合いかもしれませぬ。

と噂されても不思議ではない。

事実、用人の惣右衛門《そうえもん》など、そんなことを言って、伊茶姫に睨まれている。

「あら、怒らせてしまったかしら」

俊平の膨《ふく》れっ面《つら》をあまり見たこともないものだから、梅次は困惑して俊平をうかがいながらこっそり舌を出した。

音吉《おときち》は、横でにやにや笑っている。

だが、俊平にとっては悪い冗談で片づけられない。これは、悲しい過去を思い起こさせる話題であった。

俊平が柳生藩の跡継ぎとなり養嗣子《ようしし》として招かれることが決まって、前妻阿久里《あぐり》との間が無理やり幕府によって裂かれて以来、十年近く経った今も俊平の深い心の傷となっている。

「あたしなんぞが俊平さまの後妻に収まるなんて考えられませんからね。そりゃ、羨《うらや》ましいお話」

梅次は、ちょっとすねてみせた。梅次が俊平に悪い気持ちを抱いていないことはいつも聞いている。

「私はね、継室を娶《めと》るつもりなどないよ」

「まあ、そうなんですの」

梅次は、ちょっと安心したように俊平を見かえした。

言葉がとぎれたところで、年下の音吉が、

「どうです、俊平さま。お店のほうで流行《はや》りの線香花火をたくさん買ったらしい。三人で遊びません」

と、俊平の手を引いた。

音吉もだいぶ大人になって、こうした機転がきくようになっている。

「いま少し飲んでいたい」

俊平はまた盃を突き出し、音吉が酒器をふたたび取りあげたとき、廊下で足音を立てて番頭が現れ、段兵衛がやって来たが、通してよいかと訊ねた。

「むろんのことだ」

そう言って、さっそく段兵衛を招き入れると、いつもとちがい、段兵衛は神妙な顔つきである。

「ちと、席を外してくれぬか。大事な話があるのだ」

大胡座《あぐら》をかくなり、段兵衛は難しい顔をして梅次と音吉に告げた。

「どうした。段兵衛、もったいぶらずともよいではないか」

「しかし……」

段兵衛は、口をもごつかせている。

「さては、妙春院どののことだな」

うかがうように段兵衛を見て、俊平は梅次と目を見あわせ苦笑いした。

「なぜわかる」

「これも兵法のうち。柳生新陰流を甘く見るな。だがそのことなら、なおさら梅次にもいてもらいたい。ちょうど、その話をしていたところだ」

段兵衛は、なんだという顔をして、

「もう、こんなところまで話が広がっているのか」

「どうも話が重すぎて、私では持ちこたえられぬでな。梅次にこぼしていたところだ」

俊平が、苦しげに笑って梅次を見かえすと、

「段兵衛さま、あまり追い詰めないほうがよろしうございますよ。俊平さまが、おかわいそう」

「そうか？」

「いましばらくお一人でいたいそうでございます」

段兵衛が、うかがうように俊平を見た。

「だが、柳河藩の伯父御に頼まれておる。話だけは聞いてくれ」

「しかたない」

俊平は段兵衛に酒器の酒を向けた。はぐらかすつもりである。

「いやな、察しのとおり妙春院を、後妻にもろうてくれぬかという話なのだ」

「やはりな。そういうことであろうと思った」

「これはあくまで内々の話だ。正式な話となると、幕府に届け出たりして、厄介《やっかい》な手つづきが必要となる。まずは、おぬしの気持ちを確かめるのが先じゃ」

俊平は、苦笑いをするばかりである。

「伊茶のほうが好きか？」

「伊茶姫を継室にするつもりもない」

「だが、おぬしもこのまま後添えをもらわぬまま行くわけもなかろう。柳生藩が立ち行かぬぞ」

「そのようなことは、どうとでもなる。また同じように養嗣子を迎えればよいだけの話だ」

「そうであろうが……、じつは真弓姫、いや妙春院は真剣だ。そなたに、ぞっこん惚れ込んでしもうておる。もう、おぬしに会わねば日も夜も明けぬらしい」

「それは困った」

俊平は、また梅次を見かえした。

「妙春院どのは、毎日道場に来ているようだの」

「ああ」

「おぬしに会いたい一念からだ。あのような情の深い女は嫌いか、よい女だぞ」

段兵衛が、重ねて俊平に問いかけた。

「いや、このような男には、ありがたいことと思うておる。それは、伊茶どのとても同じだ。ただ、私はまだ阿久里との一件で気持ちの整理がつけられずにおる。それまでは、誰を後添えに迎える気にもなれぬのだ」

「だが、貰ってしまえば、それはそれで阿久里殿が忘れられよう」

「おぬしこそ、どうなのだ。同じ立花家の者で、気ごころも知れておろう」

「たしかに伯父御は初め、おれに妙春院どのを添わせようとしていた。ていのよいやっかいばらいとしてな」

「そうであろう。私は、妙春院どののそぶりから勘づいていた。浪人のおぬしなら、市井《しせい》の中で暮らす花火屋となった妙春院どのとお似合いだ。大名の継室となれば、あの奔放《ほんぽう》な生きざまができぬようになる」

「ああ、だが、それも今となっては、話にならぬ。わしに勝ってからというもの、恋心がおぬしに移った」

「だが、私にその気はない」

「それは、困ったの。妙春院どのは、おぬしが断ったら、もう生きてゆけぬと言うておる」

「冗談ではない」

「いや、自害して果てるかもしれぬぞ」

「まあ、九州の女《ひと》は情が濃いと聞いていたけど、本当。あきれてしまいます」

梅次が、呆気《あっけ》にとられて段兵衛を見かえした。

「みな濃い。男も女もな。どうだ、梅次。わしも濃いぞ」

「段兵衛さんは、鬚《ひげ》からして濃いもの」

音吉が、くすくす笑った。

「あら、いやだ。音吉ちゃん」

梅次も苦笑いしてから、

「でも、大変ねえ。その妙春院さんを諦めさせるのは」

「やむを得ぬ。私から話すよりあるまい」

段兵衛は、じっと宙を見つめそう言ってから、思いさだめたように小さくうなずいた。

「それはそうと、妙春院どのの花火屋は、その後どうなっているのだ」

俊平が、あらためて身を乗り出して、酒をすすめながら段兵衛に訊ねた。

「なかなか順調のようだ。鍵屋には、これからも継続的に火薬を納入して欲しいと頼まれたという。また狼煙花火やからくり花火の技も採り入れていきたいので、ぜひ教えてほしいとも相談されたらしい」

「鍵屋も商売熱心よな」

「このお江戸で、花火は大人気だ。この人気をさらに盛りあげるため、鍵屋も真剣なのだろう」

段兵衛も妙春院に肩入れしているのか、嬉しそうに言う。

「柳河藩は、どこまで本気なのだ」

「初めのうちは妙春院が妙なことを始めたものだと困っていたようだが、妙春院の熱意にしだいに心を打たれ、そこそこ利益も上がってくると、これはモノになるかもしれぬと思いはじめているようだ。資金も、それなりに注ぎ込むと言っているらしい」

「それは楽しみだな」

「とにかく、花火人気はすごいんですよ」

梅次が二人を交互に見て言った。

「お客さまの間じゃ、もう花火の話題でもちきり。羽振《はぶ》りのいい旦那などは、何本鍵屋に打ち上げさせたかって競いあう話ばかり。川沿いにお屋敷を持つお大名も、商人に負けじと盛大に狼煙花火を打ち上げるようになったそうですよ」

「なるほど、金というものあるところにはあるものだな」

俊平が、感心してうなずいた。

「船で売りにくる花火は、これまで一回一両だったそうだけど、鍵屋さんに頼んで大きいのを打ち上げたら、とても一両じゃすまないはず。いったい何両なんでしょうね」

音吉は、面白そうに言った。

「柳河藩の財政も、これで、少しは改善されような」

俊平がそう言って、また盃を取った時、隣の座敷で賑やかに音曲《おんぎょく》が始まったらしく、三味線《しゃみせん》や太鼓《たいこ》の賑やかな音が風に乗ってこちらに聴こえてくる。

「だいぶ賑やかだな」

俊平が、音曲の聞こえてくる方角に顔を向けて言うと、

「噂をすれば影でございますよ。あれが、花火屋の大黒屋《だいこくや》さん。といっても、鍵屋の下請けですがね。このところだいぶ羽振りがいいそうですよ」

梅次が、手を口元に添えて声をひそめて言う。

「とすれば、妙春院の商売仇《がたき》ではないか」

段兵衛が、嫌な顔をして賑やかな三味の音の方角に顔を向けた。

女たちの嬌声《きょうせい》や、べんちゃら上手の太鼓持ち今助《いますけ》の声に混じって、野太い男の笑い声が聞こえてくる。

俊平が梅次を見た。

「あれが大黒屋か」

「大黒屋さんのお座敷に出たことあるんだけど、とても嫌な人」

音吉が肩をすくめた。

「どうしてだい、音吉ちゃん」

「だって、いつも威張ってばかり。今日は、どこのお大名と取引があっただの、幾ら儲かっただの。そのくせ、とてもケチで、お捻《ひね》りはちょっぴり。それに、あたしたちにも、憎たらしいことばかり言うんだから。三味《しゃみ》が下手《へた》だの、踊りがいまひとつだの。

それに、すぐに抱きついてきて。ああ、気持ち悪い」

「ほう、大名家とも取引があるのか」

段兵衛が、音吉に訊ねた。

「なんでも、幕府のお偉いさまと繋がっているらしいのよ。紹介で上手《じょうず》に食い込んで、取引にありついたっていう話だった。それに、火薬の値段もずいぶん安くしているみたい」

「ほう、火薬の値をな」

段兵衛が首をひねった。

「花火の火薬は鉄砲と同じ黒色火薬、その原料は硝石《しょうせき》と硫黄《いおう》と木炭《もくたん》だ。硝石は国内では採れないので、清国《しんこく》からの輸入に頼っているはず。柳河藩はそうだ。それゆえ、火薬を安くできるはずもなかろうが」

「段兵衛さん、それがちがうらしいのよ」

音吉が、手を振ってちょっと前に聞いたという話を披露した。

「なんでも、飛騨《ひだ》のほうで硝石が採れるらしいの」

「ほう、それは初耳だな」

俊平と段兵衛が、顔を見あわせた。

「なんでも、加賀《かが》さまの領地の五箇山《ごかやま》というところで採れるらしいんだけど、幕府はそれを摑《つか》んでからというもの、真似をして天領の高山《たかやま》でも造るようになったとかいう話。なんでも三角屋根の家が並ぶ白川郷《しらかわごう》って土地だって。大黒屋は、それを仕入れているらしい。なんでも、輸入ものの硝石の半分の値で手に入るんですって」

「音吉ちゃん。嫌《きら》ってるわりにはよく大黒屋のお座敷に上がるから、ずいぶん詳しくなっちまったね」

梅次が、感心して音吉を見かえした。

「だが、それがまことなら、柳河の花火は太刀打ちできぬぞ。急ぎ妙春院に知らせてやらねばならぬ」

段兵衛が青い顔をして盃を置いた時、部屋の襖ががらりと開いて、

「いやア、まいったよ」

どこから逃げてきたのか、太鼓持ちの今助が汗を拭き拭き飛び込んできた。

「まあ、今助さん。大黒屋さんのお座敷から声が聞こえてたけど、あちらはもうお帰りなのかい」

「いいや、そうじゃねえんだ、あ、こりゃ」

今助は、座敷の俊平と段兵衛に愛想笑いを向けてから、

「これから、大事な商談が始まるんで、席を外してくれってんでね。それでここに来たって寸法さ」

「商談か。なかなか商売繁盛だな。相手はどこの大名家だ」

段兵衛が訊ねるなり、今助は声を潜め、

「それが、なんと尾張藩《おわりはん》で」

口もとに手を寄せて、耳打ちするように言った。

「なに」

俊平が、驚いて今助を見かえした。

俊平は、尾張柳生新陰流を修めただけに尾張藩には格別親しさと思い入れがある。

尾張藩主徳川宗春《むねはる》が、贅沢《ぜいたく》をいましめる吉宗の政策に対抗、なにかにつけて派手にふるまうので、このところ幕府に目をつけられている。

川開きが始まったので、これからはさらに盛大な趣向で花火を上げるのだろうが、尾張藩と将軍吉宗との関係を思えば、いささか気がかりなことであった。

「尾張藩のなんというお方が来ているのだ」

「それが、附家老《つけがろう》の竹腰《たけのこし》様で」

「なに」

俊平は、いぶかしげに今助を見かえした。

附家老は幕府から派遣される御三家《ごさんけ》への目付役で、籍は御三家にあるものの、心はつねに幕府とともにあると皮肉られている。

その尾張藩附家老の竹腰正武《まさたけ》が、花火の火薬のための買い入れにかかわるというのは妙な話であった。

と、いきなりがらりと廊下側の襖が開いて、見たことのない男がぬっと姿を現した。

俊平の町歩きの恰好とよく似た黒の着流しで、髪は総髪《そうはつ》、贅肉《ぜいにく》を削ぎ落としたような痩身《そうしん》で、顔も骨ばって眼が異様に鋭い。一見すれば死体のような風貌《ふうぼう》の男である。

「ひっ」

今助が慌てて部屋の隅、行灯《あんどん》の脇に姿を隠した。

「おい、今助、来い」

だいぶ酔っているのだろう。男が、グラリと揺れながら今助を手招きした。

「待て、待て。いきなり他人の座敷に闖入《ちんにゅう》し、太鼓持ちを呼びつけるとは無礼千万であろう」

段兵衛が盃を酒膳に戻し、眼を剝いて男を見かえした。

「黙れ。うぬにはかかわりのないこと」

男が、不機嫌そうに段兵衛を睨み据え、

「来い、今助」

こんどは、脅すように強く言った。

「席を外しておれと言われたので、座を外したと、そうであろう、今助」

俊平が、今助に助け舟を出した。

「そう、そうでございますよ」

「ふん、そうであったか。厠《かわや》に立っていたゆえ、それは知らなかった。だが、もう話はついたようだ。戻って来い」

「いま少し休んでからまいりやす」

今助が、男にぺこりと頭を下げた。

顔が歪んでいる。そうとう嫌がっているのが俊平にもわかる。

「今、来いと言うておる」

「ひとまず、部屋に戻っておられよ」

俊平が、声を強めて言うと、

「うるさい。こ奴の芸が面白いので、座敷に呼んだのだ。金は払ってある。またやれ」

「ご無体な。あっしは玩具じゃねえ。人でござんすよ。疲れたら、休みてえ。お宅様のお座敷は次から次、ありったけの芸を見せろと息を継ぐ暇もねえ、どうか、休ませておくんなせえ」

今助が、泣きっ面をして浪人を見あげた。

「来い、来ねば」

男は今助を鋭い眼光で睨みすえた。

「おっと、無体なことを言ってはならぬな。今助も人の子、ひと息入れたいし、嫌な座敷は行きたくもなかろう」

「なに」

男が、目を剝いて俊平を見かえした。

「邪魔だてすれば、きさま、痛い目にあわせてくれるぞ」

男が、俊平に向かって一歩踏み出した。

今助がまた部屋の隅まで逃げ出して、縮こまった。

「面白い」

段兵衛が、男にムッとして片膝を立てた。

「何処の誰かは知らぬが、武士に向かって痛い目にあわすとは、只事《ただごと》ではないの」

俊平も言う。

「お侍さま。酔っておられるのでございましょう。お帰りくださいませ」

梅次が立ち上がって、両者の間に立った。

「只事ではなければ、どうだという。二本差しとは、喧嘩できぬと言うか」

「面白い。ならば、まず、おまえの名を聞こう」

段兵衛が、立ち上がって男に一歩歩み寄った。

刀は帳場に預けてある。いざとなれば、得意の柔術で投げ飛ばす気でいる。

「色部又四郎《いろべまたしろう》――」

「浪人か、それとも」

段兵衛がさらに訊いた。

「美濃今尾藩《みのいまおはん》だ」

「ほう、れっきとした主持ちが、総髪着流しとは変わった藩だの」

「おまえは」

男が、段兵衛に訊いた。

「浪人、大樫段兵衛」

「そっちは」

男が、俊平に目を移した。

「聞かぬほうがいい」

段兵衛が、ちょっと困ったように両者を見くらべた。

将軍剣術指南役の柳生俊平が見知らぬ男と乱闘を繰りひろげては、さすがにまずいと考えたのである。

「それがしは柳生俊平。ただ、争うつもりはない」

「柳生……、妙なところで妙な男に会ったものだ。おぬしが江戸柳生総帥《そうすい》の柳生俊平か。ならば喧嘩ではなくぜひにも一度立ち合いたい」

「他流との立ち合いはせぬ」

「おれは、尾張の柳生新陰流を修めた。他流試合ではない。同門だ」

「ならば、道場に来られよ。いつでも稽古試合をいたす」

「そうか」

色部又四郎は、ぎろりと俊平を見下《みおろ》すと、それだけ言い捨て、背を向けて部屋を出ていった。

「いやな男。俊平さま、気分を変えましょう。お客様が大勢内庭に出て花火で遊んでますよ。どうです、ご一緒に、線香花火など」

「そうだな。行ってみるか、段兵衛」

俊平が、やおら立ち上がった時、店の番頭が部屋に駆け込んできて、

「柳生様、ご用人様がお越しで」

と喘《あえ》ぎ喘ぎそう言ってから息を継ぐ。

「なに、惣右衛門が」

「はい、お座敷にお呼びしましてもよろしうございますか」

「もとよりだ。なんであろう」

俊平は、段兵衛と顔を見あわせてまた座り込むと、
息を切らして惣右衛門が部屋に雪崩込《なだれこ》んできて、

「殿、大変な事態となっております」

畳に両手をついた。

町駕籠《まちかご》を急《せ》かせてきたらしく、息が切れている。

「どうしたのだ、惣右衛門」

俊平も惣右衛門の慌てぶりにさすがに真顔になって問いかけた。

「道場から、妙春院さまのお姿が消えております」

「有明屋に戻ったのではないか」

「いえ、それが、なにやら妙なことを伊茶さまに言い残しておられたそうで、気にかかるのでございます」

「妙なこと……？」

「なんでも、妙春院さまは隅田川に入水《じゅすい》して死にたいと」

「馬鹿を申せ」

俊平は、あきれて段兵衛と顔を見あわせた。

「いや、ありうる。妙春院は、思い詰めるとなにをしでかすかわからぬ女だ」

段兵衛が、眉をひそめて言った。

惣右衛門と段兵衛の真剣そのものの口ぶりに、俊平もしだいに真顔になってきた。

「これは、線香花火どころではないぞ、段兵衛」

俊平はあわてて立ち上がり、呆気にとられる梅次と音吉を後に残し、段兵衛と惣右衛門を従え、急ぎ店の急な階段を駆け下りていった。

その夜、大川の両岸は花火客でごったがえしていた。

俊平と段兵衛は、夜空を見上げ、あんぐりと口を開けて夜空を見上げる見物客の間を縫って妙春院の姿を探しまわった。

肩がぶつかりあって、段兵衛はたびたびどやされている。

もしや戻っておるのかもしれぬと両国橋の橋詰めから数町北に行った南本所横網《みなみほんじよよこあみ》町《ちょう》に新築成った〈有明屋〉を訪ねてみたが、妙春院の姿はなく、店の番頭が、

——虚《うつ》ろなお顔で、ふらりと出ていかれました。

と言う。

対岸の大川の右岸は、幕府の米蔵が軒を連ねて埋めつくし人通りはない。

俊平と段兵衛は、妙春院の姿を追って左岸沿いに北に向かった。

(よもやとは、思うが……)

妙春院の好意はありがたいが、どこをどう好いてくれているのか、俊平にはよくわからなかった。また、その好意をどう受けとめてよいのかもわからない。

だが、自分に好意を抱いてくれる人がいると考えるだけで、俊平はなんとなく生きる意欲が湧いてくるのを感じる。

だからその妙春院に肩入れしたいし、死なすわけにはいかなかった。

大川沿いの土手を北に向かって半刻(一時間)もの間探し歩き、しばらくして息を休めて佇《たたず》むと、土手を下りきった叢《くさむら》に人が集まっている。

「もしや」

段兵衛とうなずきあい、土手を駆け降りた。

酔客が土手を滑り落ち、すんでのところで川にはまるところであったが、助かったと騒いでいる。

「妙春院どのでなくてよかったな」

胸を撫《な》で下ろし、また土手を登ったところで、月明かりの下、ぼんやりと夜空を見上げて立ち尽くす女があった。

今上がった花火が消えていくのを、じっと見上げているところであった。

「なにをしておるのであろう」

近目の段兵衛が、いくぶん前かがみになってその女人を見た。

妙春院にちがいなかった。

「なに、あれは、花火を見ているところだ」

俊平が、女人から目を離すことなく言った。

「うっとりと見ておるな」

「今上がったのは、有明屋の火薬を用いた花火なのであろう」

「大丈夫。死ぬようなことはないようだ」

二人は、三間《げん》置いて妙春院を見守った。

花火が、上空高く眩く昇りきって、妙春院の横顔を明るく映《うつ》した。

「妙春院どの――!」

俊平が、妙春院に手を振った。

妙春院が、ふと気づいてこちらに顔を向けた。

小腰を屈めて、挨拶をしてくる。

俊平を見て、微笑んでいた。

「これは、妙春院どののところの花火ですね」

俊平は妙春院に歩み寄って言った。

「はい、見事に上がりました。わたくしは、もう大丈夫でございます」

妙春院が、悪びれずに言った。

「もう吹っ切れました。わたくしが、身勝手だったのでございます。柳生さまの苦しいお心のうちを察することもできず、自分の想いだけを押しつけてしまったのを恥ずかしう思います」

「なんの、私に甲斐性がないのです。お気持ちはありがたいし、受けとめたい。本当は、あの花火のように、天にも昇るほど嬉しい気持ちなのです。だが……」

「柳生さまは、おやさしいお方。だから、前の奥方さまが忘れられない。その方が、うらやましうございます」

「なに、やさしいのではなく、女々《めめ》しいのです」

「いいえ、柳生さまはお強いお方。だからこそ、その大切な想いを心のうちにしまっておくことができるのです。わたくしも……」

「そなたも？」

「これから亡き夫の思い出を大切に胸に秘め、花火に生涯を懸けていきとうございます」

「それはよいぞ、真弓どの」

段兵衛が、大きくうなずいた。

「そなたは柳河藩がある。幾千の藩士とその家族が恋人だ。また領民のためにも、もうひと頑張《がんば》りしていただきたい」

俊平が言った。

「はい。藩の再建のために力を尽くします。俊平さまにも、どうかご支援を賜りますように」

「柳河藩は、義兄弟の契《ちぎ》りを結んだ貫長殿の三池藩《みいけはん》のご本家筋。この柳生俊平も、及ばずながら全力をあげてお手伝いさせていただく」

俊平は、妙春院に歩み寄ってその肩を抱き、夜空を見あげた。

次の花火が、またひときわ大きな音を立てて上がり、大きく花開いて三人の顔を鮮やかに照らし出した。

第二章　花火屋の女将《おかみ》

一

久松松平《ひさまつまつだいら》家の十一男に生まれ、生涯部屋住みを覚悟していた俊平は、その青年時代をなすこともなく茶花鼓《ちゃかぽん》、つまり茶と花と鼓《つづみ》等の稽古事で虚《むな》しく無聊《ぶりょう》を慰めていた。

ただ、そのおかげでどの芸も師匠も顔負けの腕前となり、ひょんなことから中村座《なかむらざ》の大部屋役者たちに身につけた芸を教えることとなり、一年ほど前から堺町《さかいちょう》の芝居小屋まで足を運んでいる。

芝居好きの俊平にとっては、楽屋裏をのぞけるめったにない好機というわけで、多忙な藩主の政務に差し障《さわ》りない夕刻を待って、数日に一度は木戸の内をのぞきに行く。

そんなわけで、今では座主の二代目市川団十郎《いちかわだんじゅうろう》をはじめ、立役《たてやく》から大部屋役者まで、中村座の座員とは遠慮のない関係がつづいている。

先日など、囃《はや》し方《かた》の鼓に欠員が出て、急遽《きゅうきょ》舞台に立ったこともあった。

その日も、若手女形六人に花と茶の稽古をつけてやったあと、三階の座主の部屋に団十郎を訪ねてみると、

「いやァ、柳生様。すっかり花火にお客を食われちまいましてね。このところ、芝居の入りがさっぱりでさァ」

団十郎が、頭を掻いて俊平にグチをこぼした。

五月二十八日の川開き以来、江戸の町衆はすっかり花火に夢中で、歌舞伎《かぶき》のことなどどこかに忘れてしまったかのようだと嘆く。

「江戸の華といやァ、これまでは歌舞伎と相場が決まっていたもんだが、今じゃ、花火でさァ。まったくあんな子供の玩具の、どこがそんなにいいんだろうねえ」

そうは言っても、大御所《おおごしょ》団十郎も花火はそうとう好きらしく、このところ芝居が引けると、必ず一座の者をひき連れて両国に向かい、屋形船《やかたぶね》を借り切って連夜のように花火見物だそうである。

「大御所は、ああ言っておられやすがね。花火の面白さをいちばん知っているのは、

あのお方かもしれませんよ」

　団十郎の付き人がすっかり定着した元軽業師《かるわざし》の達吉《たつきち》が、このところの連夜の花火見物で、本人の団十郎よりクタクタになっている。

　やれ、酒だ、食物だと、雑用が全部達吉に回ってくるらしい。

「役者の方々は、羽を伸ばすと本当に我儘《わがまま》でしてね」

　我慢強い達吉のはずが、ほとほとやりきれないらしい。

「大御所は、お元気ですよ。昼間は芝居。夜は花火。いったい、いつ体を休めるんでしょうね。あっしのほうが身がもたねえ」

「花火と歌舞伎は、パッと華やかなところがよく似ているね。大御所」

　俊平が顎を撫でながら、団十郎に声をかけると、

「そりゃ、たしかでさァ。それにあの仕掛けの面白さは、こちとらも謙虚に学ばなきゃいけねえと思っておりますよ。流星でしょう、玉火、牡丹、それに蝶。どれも、よく考えてある。うちの狂言も、ああした派手な仕掛けをどんどん採り入れて、お客を驚かせなくちゃね。あっけにとられたように夜空を見上げている人たちを見ると、そう思いやす」

　俊平は仕掛け花火の名も、それぞれの仕掛けも知らないが、団十郎はすっかりその

名を憶えてしまっている。

「なるほど、あの意外さや人を驚かせる趣向は、面白さの大元《おおもと》。芝居に通じるものがあるというわけですね。大御所」

俊平も団十郎にそう言われて、ふむふむとうなずいた。

「しばらくは、花火と芝居は共存共栄といきましょう」

俊平が、そう言えば、

「まあ、負けねえようにおおいに頑張りまさあ」

大御所は、今宵もまた船を三艘《さんそう》借り切って、一座をあげて花火見物だそうである。

帰りがけ、ふと稽古場をのぞくと、座付作家の宮崎翁《みやざきおう》が、駆け出しの女形玉十郎《たまじゅうろう》と話し込んでいる。

「あ、柳生様――」

玉十郎が、ふと俊平に顔を向けて声をかけてきた。

「どうした、おまえ。今日は稽古に出なかったな」

「ちょっと、宮崎先生と話し込んじまって。あいすみません」

玉十郎は、神妙な顔で頭を下げた。

「そんなことはいいが、いったいどうしたのだ。深刻そうな顔をして」

「いえね――」

言いにくそうにする玉十郎に代わって、宮崎翁がやわらかな笑みを俊平に向けた。

翁は、女形の役者だっただけに物腰のやわらかな人で、見識もじゅうぶん、どこか文人風の趣《おもむき》もある好人物で、今は座付の狂言作家として座員の尊崇《そんすう》を集めている。

その宮崎翁が、だいぶ白いものの混じった頭を掻きながら、

「こいつが、狂言作家になりたいなどと申しましてな」

困ったように、玉十郎を見かえした。

「それは、まことか」

俊平が、驚いて玉十郎を見かえした。

「ええ、まあ……。いろいろ考えるところがありましてね。どうも役者のほうは、己の才能がよく見えてきません。どこまでいけるのかが、自分でもなんだか自信がなくなりましてね。むしろ、前々からこっちをやってみてえと思ってまして」

「石の上にも三年、もう少し頑張ってみては、と言ってるんですがね」

翁は、玉十郎の座付作家への転向には懐疑的である。

「役の付くところまではまだまだとは思うが、どうして、他の連中と比べてけっして見劣りするとも思えぬのだがの」

俊平も、半ば慰めるように玉十郎にそう言うと、

「ありがとうございます。ただ、正直のところは、あたしに向いているのは芝居を書くことじゃねえか、と近頃強く思うようになったのでございます」

話を聞けば、玉十郎は俳句《はいく》も詠《よ》むし、なかなか文才があるらしい。

「そうは言うても、狂言作家というもの、簡単にできるものではあるまい」

「まあ、そういうことで」

宮崎翁が、また玉十郎を見かえし溜息交じりに言った。

「並大抵のことじゃねえと言ってきかせておりますが、どうしてもやってみたいときません」

「ならば、玉十郎、どんな狂言を書いてみたいのだ」

「それが、勇ましい女を描いてみたいので」

「ほう、世に言う女傑か」

「へい。今考えているのは、武田信玄《たけだしんげん》を二度まで敗《やぶ》った信濃《しなの》の豪将村上義清《むらかみよしきよ》の重臣の娘で更科姫《さらしなひめ》でさァ。日本の三大勇女の一人に数えられております」

「女武者といえば、先日、大樫段兵衛から戦国大名立花宗茂の正室誾千代の話を聞いたばかりだ。なんでも、女だてらに城主になったという」

「へい、そのへんも調べてみましたが、あの人はちょっと有名すぎて、むしろあまり世間に知られていねえ女人のほうがいいと思いまして。それに、あっしの実家が信《しん》州《しゅう》上田《うえだ》で、いろいろ資料も揃いやすいので」

「なるほどな。どうだね、宮崎翁、見込みは」

「さあて、なんとも。なら、とにかく書いてみろ、見るだけは見てやる、と言っていたところで」

「そうか。だが、そも、女傑というもの、おまえはこれまで会ったことがあるのか」

「さあて、ずっと関心はあったんですが、まだ、これというお女《ひと》は」

「それでは、想像が広がるまい。私は知っておるぞ。あれは、まさに女傑だ」

「へい、それは誰のことで」

「柳河藩主立花貞俶殿の妹で、妙春院というお方だ。今、花火屋を始めた」

「はあ、花火屋を……？」

「ああいうのを、女傑と言うのだよ。ひとりで財政難の柳河藩を背負って立ち上がった。私も、いま少し、藩の改革をせねばならぬと教えられたところだ」

「柳生さまは、もう立派に務めていらっしゃいまさあ。その剣の腕で、将軍様の剣術指南役。しっかりと柳生藩一万石を支えていらっしゃいます」

「なるほど、おまえは口が上手《うま》い。筆も立つやもしれぬな。されば、女傑とはどのような女だと思う」

「そうでございますね、頼もしくって、男まさりで、腹が据わってる。とにかくやることが濃い」

「濃いか。なるほどな。そういえば、私のまわりは濃い女ばかりだ。伊茶どのも濃い。私のような軽い者には、ちと骨が折れる女たちばかりだ」

「柳生さまも、どうしてそうとう濃いお方で。大胆不敵《だいたんふてき》に生きておられます。いつもうらやましいと思っておりますよ」

宮崎翁が笑いながら、俊平に言った。

「なんの、私など。薄すぎて飲めぬ茶だよ」

「その妙春院というお方、面白そうでございますな。ぜひ、近くで取材させていただきたいものでございます。駄目でしょうか」

玉十郎が、熱心に俊平に食い下がった。

「駄目かどうかは、本人に訊いてみねばわからぬが。花火で忙しい人だ。なんでも手伝う気で置いてもらう覚悟があるなら、まんざら駄目とも申されまいが……。付き人のようにいつでも側にいて、細々《こまごま》としたことまでやってさしあげられるか」

「そりゃ、あたしだってやる以上、本腰を入れるつもりでございますよ。女形をやってるくらいだ、女傑の女房役はけっこうこなせます。俊平さま、どうぞひとつよろしくお願いいたします」

玉十郎は、大きく背を丸めて頭を下げた。

宮崎翁は、にやにや笑っている。

安請け合いはできないが、玉十郎の熱意に押されて俊平は、

——しばらく待っておれ、吉報が得られるかはわからぬが。

と言い残して楽屋を離れた。

二

それから数日後、柳生俊平は、その足で両国の橋詰めから川沿いに数町北に上がった南本所横網町にある柳河藩出資の花火屋〈有明屋〉を訪ねた。

間口二間ほどの小さな店で、空《あき》店舗だったものを改装したため、建物のあちこちに新旧の建材が入り乱れている。

それでも、まだ木の香も新しい有明屋の花火工房では、今宵打ち上げる花火の準備

に余念がないらしく、花火師や人足が慌ただしく荷を店から搬出《はんしゅつ》しているところであった。

その一人に声をかけ、妙春院の所在を訊ねると、

「ああ、真弓さま」

と応じて、大樫段兵衛が訪ねてきて外に連れ出したと告げた。

さすがに花火屋の女将が浮世離れした妙春院ではまずいらしく、店では真弓さまと呼ばれているらしい。真弓は柳河藩の姫であった頃の名である。

ひとまず花火工房というものをのぞいてみたくなり、俊平は勝手に店に入ると暗い土間づたいに奥にすすんだ。

外の夏の日差しに慣れた目には、店の中はくらくらするほど暗い。丈の長い樫《かし》の材木でつくった塀が店の西側を覆っている。花火工房を店から隔絶させているらしい。

樫という固い木材にしているのは、おそらく万一火薬が爆発してしまった場合、被害を最小限にするためであろう。

内庭には小さな生け垣が作られ、龍吐水《りゅうどすい》が数台備《そな》えられている。

他に、樽《たる》に水を張った用水桶《ようすいおけ》がずらりと縦に積み上げられて、三角形の山を成し、柳河藩の定紋《じょうもん》の布に半ば包まれ据え置かれていた。

「あっ、これは柳生様で」

川開きの宵、両国橋の船宿で一緒に飲んだ徳兵衛《とくべえ》という初老の花火師が現れて、愛想よく頭を下げた。

「次の花火の打ち上げはいつだね」

「明日になります。柳生様、せっかくいらしたんです。ひととおり、ご案内いたしましょう」

徳兵衛はそう言って、俊平を奥に誘った。

「よいのか、秘密の作業もあるのだろう」

「もちろん、柳生さまといえども、お見せできねえものはありますが、あらかた大丈夫で」

そう言って、徳兵衛は笑いながら俊平をどんどん奥に先導していく。

やはり、樫の塀の向こう側が本格的な工房になっているらしく、徳兵衛は俊平を先導して木の扉を開け、中に入った。

入ってすぐの土間に、木炭の黒い粉、硫黄の黄色い粉、それに硝石の白い粉が、樽に入って山積みされている。

土間の隣が火薬の調合場とのことで、繁忙期の今、鍵屋からの注文を大量に受けているので、火薬を和紙で包んだものをさらに竹筒や木の筒に詰め込む作業が職人の手で行われていた。

作業は分業となっており、〈有明屋〉と染めぬいた法被《はっぴ》を着けた古参の花火師が、若手の作業を指導している。とはいえ、みなひととおりこなせるのであろう。互いに持ち場を移動しながら助けあっていた。

その奥が〈練り場〉で、秘密の比率で調合した火薬に水を混ぜて、すり鉢の中で練り込んでいた。

「火薬に水は禁物と思っていたが、ああして水で練るのか」

「へえ。練った後、天日で乾燥させせまさァ」

徳兵衛が、淡々とした口調で言った。

「むろん、練るだけじゃなくて、切ったり、丸めたり、芯を入れたりします」

なるほど、竹筒のなかに紙を張ったり、木の椀《わん》に入れた火薬を袋に分けて入れたりもしている。

「あっ、俊平さまじゃあ」

背後から、妙に馴れ馴れしい声があった。中村座の玉十郎である。

「どうした、こんなところで。妙春院の付き人をやっているんじゃなかったのか」

「それが、段兵衛さんがやってきて、これから大事な話があるんでおまえは外しておれとおっしゃいます」

玉十郎が、ふてくされた調子で言う。

「段兵衛め、もったいぶりおって。で、どこに行ったのだ」

「それが、両国橋の袂《たもと》の水茶屋で」

その店のことは俊平も見当がつく。夏は冷水や白玉《しらたま》も出している。

「ならば、案内してくれぬか」

俊平が、玉十郎の肩をとって促すと、

「いいんですかい。来るなって言われてるのに」

玉十郎は、困ったように俊平を見かえした。

「私が、いいと言うのだ」

妙に律儀なところのある奴だと苦笑いしながら、俊平は嫌がる玉十郎にその川端の店まで案内をさせた。

すだれを張っただけの、あけっぴろげの店をのぞいてみると、客はみな白玉入りの冷水を口に運んでいる。

こういうものは、やはり若い娘の好物のようで、客はあらかた娘ばかり、白玉を旨《うま》そうに竹の匙《さじ》で口に運んでいる娘たちが俊平と玉十郎を見かえした。

いちばん奥の床几《しょうぎ》の上に、段兵衛と妙春院の姿があった。

なにやら、深刻に話し込んでいるようすである。

妙春院は俊平が現れると、まだ未練があるのか、ちょっとうつむいてから、

「これは、柳生さま――」

立ち上がり、小腰を屈めた。

「なにやら深刻そうですな」

俊平は、段兵衛をちらと見て妙春院に語りかけた。

「そうなのだ。どうも有明屋の商売が思うようにいかぬらしい」

段兵衛が、妙春院の顔を見返し、代わりに応えた。

「見よう見まねの武家の商法、なかなか思いどおりにはいきませぬ」

妙春院が、辛そうに俊平に顔を向けた。

「さようでござろう。私にできることがあればおっしゃってくだされ」

段兵衛が店の老爺に、

――このひやっこい物を頼む、

と言ってから、さらに床几に坐り直して膝を詰めた。

「いいえ、いけません。上様の指南役として大切なお役目を負った柳生様に、花火屋をお手伝いいただくなど、おそれおおいこと」

妙春院は、そう言って俊平の申し出を拒んだが、どこか嬉しそうである。

「段兵衛、おぬしもだいぶ熱くなっておるな。やはり西国の男よ」

「冗談はよしてくれ。立花本家を立て直すため、及ばずながら力を貸したいと思っておるだけだ。と言っても、剣術しか知らぬ素浪人ふぜいに、何ができるわけでもないが」

「で、何を困っておる」

俊平が、真顔になって段兵衛に問いかけた。

「商売仇が現れたのだ」

「それは何者だ」

「大黒屋という」

「あの蓬莱屋で騒いでいた花火屋か。で、相手はどう出た」

「鍵屋に潜り込もうと、執拗《しつよう》にはたらきかけている。有明屋で仕入れる値の半分で、硝石を売りたいと言う」

「ほう、大黒屋は花火屋を諦めたのか」

「いささか商売のやり方を変えたようだ。西国の花火屋としては将軍家から認可がおりぬので、いましばらく様子を見て、とりあえず鍵屋に硝石を売り込むことに戦略を変えたらしい。川開きの折の花火は規模が大きい。卸《おろし》だけでも、じゅうぶん利益が出るとみたのであろう。だが、これまでどおり大名家には、花火づくりの手伝いをしながら火薬を卸すようだ」

「どうやら、火薬は清国からの搬入の品ではなく、国内産の物が手に入るようでございます。国内産の物もずいぶん質が上がっており純度も高いようです。ただ配合の妙で、わがほうも決して負けておりません」

妙春院の話では、火薬は木炭、硝石、硫黄を混ぜ合わせてつくるが、その比率が大事で、柳河藩の花火の豪華さ、鮮やかさは、その配分の妙にあるらしい。

「ほう、なかなか微妙なものなのだな」

「それに、独自に見つけ出した金属粉を加えて、色の変化を出す」

段兵衛が、妙春院の言葉に重ねて言う。

「まだ柳河藩の調合したものは一日《いちじつ》の長《ちょう》があるが、その硝石の値には鍵屋もだいぶ心を動かされているようだ」

「鍵屋のご主人弥兵衛さまは、柳河の花火は赤味があってなんとも綺麗だ、と言ってくださいます。なんとか大黒屋からの火薬の導入を思いとどまってもらいましたが、こちらもさらによいものを開発しなければ、いずれ食い込まれてしまいましょう」

妙春院が、重い吐息とともに言う。

「その国内産の火薬を、こちらも仕入れることはできぬのですか」

俊平が、妙春院に訊いた。

「国内の産地は調べたかぎり二カ所。ひとつは越中《えっちゅう》の秘境五箇山、加賀藩領でございます。加賀藩は表向き、火薬など生産を行っていないことになっております。とても売ってはくれますまい。いまひとつ、天領高山の白川郷で産出される硝石ですが、不審なところがございます」

「はて、どのようなことであろう」

「かの地の硝石は天領ゆえ、まず幕府に納められるはず。大黒屋が手にするものは、おそらく加賀様の物ではなく白川郷の物でございましょうが、なぜ入手できるのかわかりません」

妙春院は、大黒屋の硝石については入手経路を手を尽くして調べてみたがはまだつかめていないという。

「段兵衛、大黒屋は先日、蓬莱屋で尾張藩附家老竹腰正武と会っていたな」

「おお、そうであった。それがどうした」

「竹腰は尾張藩の附家老。領地はたしか美濃――」

「そうだ。高山の天領は、すぐ隣だ」

「だいぶ読めてきたぞ、段兵衛。大黒屋は、おそらく竹腰から安く硝石を仕入れているのだ。そうにちがいあるまい。竹腰は、そのかわり悪事の報酬《ほうしゅう》はたっぷり得ているのであろう」

俊平は納得して、注文を取りに来た茶屋の老爺に、

――これはたしかに美味い。

と、もう一杯白玉を頼んでから、

「竹腰の今尾藩の所領は、たしか三万石であった。小藩はかくも姑息《こそく》な真似をしても、藩の財政を潤わせねばならぬものかの。見習いたくはないものだ」

「それはわからぬぞ。竹腰は尾張藩の附家老、片足は御三家の家老なのだ。その御三家のご威光を利用して私腹を肥やしているだけかもしれぬぞ」

「なるほど、これには、よほど裏がありそうだ」

俊平が、眩くきらめく川面の陽光に目を向けて考え込んだ。

「だが、大黒屋は、外様《とざま》大名に火薬を売り歩いているのだ。親藩である竹腰が、そのようなことに奔走《ほんそう》してよいものか」

段兵衛が、きびしい表情で言った。

「たしかに太平の世とはいえ、外様大名には幕府への遺恨《いこん》も対抗心も残っていよう。ちと危ない動きだ」

俊平も、しだいに真顔になってくる。

俊平は、将軍吉宗からこれまでの幕府の政策で生じた歪みを正す影目付《かげめつけ》の役目を拝命している。これはまさに、影目付として動かねばならぬ仕事になろうと思いさだめた。

「竹腰について、さらに詳しく調べてみねばなるまいの」

「どうするのだ、俊平」

「なに、私はこれで尾張藩に顔が利く」

「なるほど、竹腰を知るには、尾張藩を訪ねるのがいちばんだの。だが、気をつけろ。このところ、ご藩主の徳川宗春殿と上様の対立は日に日に厳しい。あまり目立った動きをせぬほうが身のためだ」

「わかっておる」

俊平は苦笑いして、

「ところで、妙春院どの、あの者のこと、ご無理を申しましたな」

そう言って、俊平は一人離れたところで白玉をぱくつく玉十郎を見かえした。玉十郎の一件を、段兵衛を通じて妙春院に頼んでいたのであった。

「なにやら、花火師の芝居を書くお若い戯作者だそうにございますな。わたくしも柳河では宮地芝居《みやじしばい》が好きで、入れあげたことがありました。しかしながら村上義清の重臣の娘と、わたくしがどうかかわるのか、いまひとつわかりませぬが、お役に立つことならいくらでも協力させていただきます」

妙春院はそう言って首をかしげた。

とはいえ、俊平からの頼みとあらば、妙春院は一も二もなく引き受けるつもりらしい。

「それに、あの役者、ほんによい男ぶり、いえ女ぶりでございます」

妙春院が目を細めて玉十郎を見かえした。

玉十郎は、さいわい妙春院に気に入られているらしい。

三

もう一年以上も前の話になるが、俊平はひょんなことから芝居帰りにやくざ者にからまれた年増女《としま》の一団を助けたことがあった。

話を聞いてみれば、いずれも元大奥づとめの女たちで、質素倹約を改革の柱にかかげて将軍位を継承した徳川吉宗が、大奥の経費を節約するため、突然大奥の女たちを大量に解雇してしまった。

その際、

――別嬪《べっぴん》の女たちは、何処《どこ》にいても嫁の口はあろう。

と真っ先に追い払われたのがその女たちで、行くあてもなく、白い目でみる実家にも戻れず、みなで家を借り、稽古事の師匠をして生活を始めたのであった。

同じ芝居好き、その女護ヶ島《にょごがしま》の館《やかた》も中村座のある堺町隣に近い葺屋町《ふきやちょう》にあると聞いて、俊平はいつしか久しく交わるようになっている。

そのお局《つぼね》さま方から、

――茶花鼓の稽古にやってくる中村座の玉十郎どのから、面白い話を聞いております。ぜひ、俊平さまからも、さらに詳しいお話をうかがいとうございます。

との妙な招待状を受け取ったのであった。

その文には、

――めずらしいお方をお引き合わせいたします。お楽しみに。

と添え書きがある。

(されば、久々に麗《うるわ》しき方々のご尊顔をうかがいに行くか)

と俊平は、ぶらり屋敷を出て葺屋町にまで足を向けることにしたのであった。

お局さま方の数寄屋《すきや》造りの二階家からは、蟬《せみ》の鳴き声に混じってしだれ柳の枝越しに賑やかな三味の音が聞こえてくる。それはもう耳をつんざくバチさばきで、ほとんど聴くに堪《た》えない音を出しているところをみると、新入りのお弟子らしい。

入口の格子戸をがらりと開けると、待ち構えていたように、奥からお局のなかでもいちばん若い雪乃《ゆきの》が飛び出してきて、

「俊平さまの先生が来ておられますよ」

にこにこしながら手を引いた。

「おお、俊平か」

奥から声を掛けてきたのは、俊平の剣の師範奥伝兵衛《おくでんべえ》である。

久松松平家の十一男である俊平は、父松平定重《さだしげ》が桑名《くわな》藩を治めていた頃、隣藩の尾張藩で柳生新陰流を修めていた。奥伝兵衛はその頃の剣の師である。

俊平は、なるほどあの音か、と合点《がてん》してにやりと笑った。

俊平はまた、この館に三味線の稽古に通う玉十郎から、

——尾張柳生の大先生奥伝兵衛が三味線を始められましたよ、

と聞いたのをふと思い出した。

「あら、俊平さま、驚かないんですか」

雪乃が、怪訝そうに俊平の顔をうかがった。

「家の外で、先生の三味らしいよい音色が聞こえていたからな」

「あら、まあ」

雪乃がくすくすと笑った。

雪乃によれば、師範が玉十郎に持病の腰痛をこぼしたのを聞き、玉十郎が伊茶姫のびわの葉治療が効くと師に紹介し、師範は、

——是非にもわしにもそのびわ治療を、

と言うので、伊茶が親身に治療してやったところ、三味線まで始めてしまったという。

それにしてもあの厳しかった剣の師が、ずいぶん粋《いき》なことを始めたものと、俊平は驚いたものであった。

「ほう、すぐにわしとわかったか、俊平、そなたの兵法は、もはや神の域じゃの」

俊平が奥の間に腰をおろすと、伝兵衛は師匠となった志摩《しま》の隣に座っている。

どうやら伝兵衛は、歳嵩《としかさ》でお似合いの志摩についているらしい。

「いや、それにしても上達なされました」

俊平は嘘が下手《へた》で、顔を歪めてそう言うと、

「志摩さまのご指導が、よろしいのでしょう」

吉野《よしの》が、上手に俊平の言葉を補った。

「いやいや、まだまだだ。剣術のようには思うようにいかぬ」

「いいえ、武芸の道は芸道全般にも通じておるものと、わたしどもはみな感心しておりました。本当に上達がお早いこと」

同じく年上の綾乃《あやの》が、俊平に淹《い》れた茶を勧めながら言う。

「なんの。それを言うなら俊平じゃよ。茶花鼓が指南ができるほど上手《うま》いというではないか。げんに中村座では若手に教えておるそうな」

「そうか」

「いやいや、恥のかきどおしでございます。先日は、舞台に立たされ、下手な鼓を披露して、海賊大名に怒鳴りとばされました」

あいかわらず綾乃の淹れてくれた茶は格別旨い。

「それより、俊平、面白い話を聞いたぞ。ここでよく顔を合わせる女形の玉十郎が、その花火屋の女将の付き人になったそうじゃな」

「ぜひにも狂言作家になりたいと申しますので、紹介いたしましたが」

「そのことよ。花火づくりの苦労話をいろいろ聞いて、花火にさらに興味が湧いてきたぞ。いやァ、花火はよい。こたび、なにかにつけて質実剛健を押しつけられる上様が両国の花火を解禁され、暗い出来事のつづいた江戸がようやくパッと明るくなったようじゃ。いやいや江戸じゅうが花火で盛り上がっておる。今も、お局方と花火の話をひとしきりしていたところだ」

奥伝兵衛が愉しそうに言う。

「先生は、お局屋敷で三味の稽古、花火も喜んでご覧になるお方でございます。俊平さま、もう、昔の堅物一方の兵法家ではございませんことよ」

隣で、常磐《ときわ》が片目をつむって言った。

「もう、片意地を張って、辛い剣の修行は二度とやりとうない」

俊平は、戯れ言にちがいないと話半分に聞き流しつつも、あの厳しかった師から、そのような言葉が出てくるとは思いもよらぬことと伝兵衛を見かえした。

「太平の世は、まことよいものじゃ。人を殺す鉄砲、大筒《おおづつ》で使う火薬を、民百姓の楽しみのために用いる。剣術の出番など、もはやなくてよいのかもしれぬの」

「はは、まことでございます。幕府の剣術指南役の私が、このような軟弱者でもつとまるのですから、天下太平はまことによいものです」

俊平は、にやりと笑ってから、朱塗りの酒器を摑んで、

「尾張藩でも、花火は盛んのようでございまするな」

と奥伝兵衛に勧めた。

「おおいに盛んじゃよ。我が殿も、商人に負けじと武士らしい真っ直ぐな花火を上げよと仰せであった。尾張藩のものは狼煙から発展した狼煙花火よ。つまらぬ花火かと思うたが、町人の間では御三家花火を楽しみにする向きもあるようじゃ」

「宗春公は、華やかなことがお好きゆえ、さぞや愉しまれておられるのでございましょう」

「だが、そうでもない」

伝兵衛はにわかに声を落とし、

「殿はこのところ、ちと気鬱《きうつ》であられてな。上様の締めつけがだいぶ効いておる。江戸ご府内では、派手なことを慎まねば、などと殊勝《しゆしよう》なことを申されて、家臣一同驚いておる」

俊平は、それを聞いて苦笑いした。

「あの宗春様がじゃぞ。まあ、気分屋ゆえ今はお塞《ふさ》ぎじゃが、また元気になろうか」

「さようでござりましょう」

俊平はそれを聞いて、やや安堵した。また花火でひと悶着は尾張藩のためにもよくない。

「ところで、その花火の話でございますが、尾張藩附家老竹腰正武殿について、ちと気になる話を耳にしております」

「はて、なんであろう」

奥伝兵衛が、盃の手を止め真顔になった。

「竹腰さまのご領地は、たしか美濃でございましたな」

「尾張藩の領地は、飛び地もあるが主に尾張、美濃じゃ。あのお方のご領地は美濃今尾じゃ」

「つかぬことをお尋ねしますが、その領地では、硝石は採れまするか」

「採れぬと思う。硝石は、天領である高山近郊白川郷と……」

奥伝兵衛は声を潜《ひそ》めてから、

「もはや、これは公然の秘密となっておるゆえ、申してもかまわぬと思うが、あとは加賀領五箇山でも産する」

「その飛騨の硝石を、竹腰殿は大量に買い入れ、領内の薬種問屋大黒屋に卸しております」

「そうか」

伝兵衛は、重く吐息をしてから、

「竹腰殿は附家老。幕府のお目付役じゃ。代々尾張藩主は附家老には遠慮をしておられてな。それをよいことに、竹腰殿も好き勝手なことをしておるようじゃ」

「おそらく、天領から硝石を安く仕入れ、土地の商人に下ろし、利を得ておるのでしょう」

「さあ、俊平さまも、おひとつ」

吉野が、用意した酒膳を俊平の膝元にすすめた。料理も手の込んだもので、鰻《うなぎ》の蒲《かば》焼《や》き、焼き魚、茄子《なす》の田楽《でんがく》、香の物もある。

「これは美味なものです。ありがたい」

俊平はさっそく箸《はし》を向ける。

「本日は、とっておきの下《くだ》り酒も手に入りました」

師が、手ずから勧める酒を俊平は大ぶりの盃で受ける。

「いや、ここは酒も料理も旨い。大奥の御膳を楽しむようじゃ」

伝兵衛は、そう言って吉野に微笑みかえしてから、また俊平に顔を向けた。

「今日は俊平さまとお師匠さまのための特別料理でございますよ。いつもは、あたしたちも煮売り屋の惣菜《そうざい》でございます」

雪乃がちょっとおどけて言う。

「たしかに、竹腰殿は、わが尾張藩の砲術家にしきりに硝石の仕入れ先を紹介しておると聞いた。そういえば――」

伝兵衛は膝を打って、

「思い出したぞ、俊平。竹腰めは、こたびの川開きをきっかけに、美濃の大黒屋の硝石をとしきりに尾張藩にも売り込んできたそうな。なんでも、市価の半値でどうかと申しておるという」

「では、尾張藩もその火薬をお使いになるので」

「たしかに、安く買い入れられるのであれば、それもよいかと、殿も申されておられたが、なかなかそうはならぬ」

「と、申されますと」

「竹腰はなかなかの謀略家ゆえ、吉宗公が後ろで糸を引き、なにを仕掛けてくるやもしれぬと警戒なされておられる」

そう言ったところに、

「俊平さま、ご師範とひそひそ話ばかり」

吉野が、ちょっと膨《ふく》れっ面《つら》をして、俊平の袖を引いた。

「花火のことで、ちょっといいお話があるんです」

「ほう」

俊平が吉野に顔を向けた。

「今宵も大川堤では花火が打ち上げられるそうです。それであたしたち、お弟子さんに呼ばれて、花火船で見物するんですよ。俊平さまもいかが」

吉野が、俊平にしなだれかかって誘いかける。

「いや、呼ばれてもおらぬお座敷に顔を出すわけにはいかぬよ。誰と誰が呼ばれているのだ」

「ええと」

吉野は、部屋の女たちをぐるりと見まわして、

「三浦《みうら》さんのお弟子さんの近江《おうみ》屋さんのお座敷なんです。常磐《ときわ》さまと、あたしの三人までいらっしゃいと言われている」

「ならば残りの綾乃、雪乃、志摩殿は、私が誘うとしよう。先生も、今宵は私の船で花火見物としゃれ込みませぬか」

「今宵は、尾張藩でも狼煙花火を上げるという。両国では、鍵屋の花火との共演となろうな。これは楽しみじゃ」

伝兵衛は、子供のように喜んで俊平の誘いにのった。

俊平は、今宵の納涼船に久しぶりに用人の惣右衛門と段兵衛、伊茶姫も誘うつもりである。

「さて、ご師範」

俊平は吉野を喜ばせてから、また師範に顔を寄せた。

「なんじゃ」

伝兵衛は盃の手を止めて、俊平の険しい表情に押し黙った。

「つかぬことをうかがいますが、先生は色部又四郎なる者をご存じでございますか」

「むろんじゃ。どこで会うた」

伝兵衛の顔に一瞬険しいものが過《よぎ》った。

「両国の船宿でございます。その花火商人の宴に同席した折に」

伝兵衛は嫌な顔をして盃を置き、

「何をしておった」

「花火屋の用心棒のようなことを。美濃今尾藩の者とも申しておりましたが」

「そのこと、ここではちと話しにくいの。いずれ席を変えて話したいが」

「されば、行きつけの煮売り屋がございます。後ほど」

「うむ」

「ああら、またひそひそ話……」

吉野がまた俊平をうかがって、口をつぐんだ。俊平と師範の表情があまりに険しかったからである。

俊平はお局館からの帰り道、奥師範を堺町のいきつけの煮売り屋〈大見得《おおみえ》〉に誘った。

芝居好きの客でいつも賑わうこの店は、手軽な惣菜をつまみに酒を飲む酔客で今日もいっぱいで、空いた席はわずかである。

　奥にすすんで、衝立《ついたて》で仕切った半畳ほどの一角に腰を下ろし、刀の下《さ》げ緒《お》を解いて脇に置くと、いちだんと師の面影が親しいものに思えてくる。

「三十余年ぶりに再会したと思っておりましたのは、ついこの間のことでございましたが、このところいちだんと身近にご尊顔を拝見させていただいております」

　俊平が、師伝兵衛に微笑みかける。

「そなたは、得な男よ。ひとを気兼ねさせない思いにさせる」

「それは、ご師範も同じでございまする。かつては、厳しい一方の師でございましたが、今はおやさしい人柄が強く感じられ、まことに心おきなくおつきあいいただけます」

「はは、これは俊平。そなたに生き方を学んだからやもしれぬぞ」

「はて、それはいかなること」

「学んだのは、肩の力の抜き方じゃ。そなたの生きざまは、軽妙そのもの。老いて後の生き方の手本としたいと思うた」

「はは、これは性分。根が軽いのかもしれませぬ」

　俊平は、にやりと笑った。

「いやいや。軽さと軽妙さはちがう。軽妙さには度量がいる。これは、すぐには身につかぬものじゃ。ところで、俊平、さきほどの話だがな」

伝兵衛がそう言ったところに、女将のお浜《はま》が酒と肴《さかな》の注文を取りにきた。

お浜は伝兵衛の沈黙に遠慮を感じたのか、いつもの冗談は抜きで去っていった。

「色部又四郎なる男、尾張柳生を修めておったと申しておりました。先生のお弟子ではないかと思いました」

「色部はわしの直弟子じゃ。いや、弟子であったというべきか」

奥伝兵衛はふたたび表情を曇らせ、苦いものを嚙みしめるように言った。

「これ以上お尋ねしてご迷惑とあらば、ご遠慮いたします」

「なんの、わしが心を整理しておらぬだけのことじゃ」

「それは、どのようなことでございます」

俊平は、慎重な口ぶりで、さらに伝兵衛に訊ねた。

「なに、わしがまだ色部が去ってしまう現実を、受けとめておらぬからじゃ。あやつめ、わしに愛想をつかして去っていったのだ」

伝兵衛はふっと吐息して俊平を見かえした。

「ご師範に。愛想を。それは剣の上のことでございますか」

「うむ。わしの剣が不満だったのであろうよ」

「まことも思われませぬ。先生の剣になんの不満が」

「なに、わしの剣がまだまだ未熟であったのかもしれぬ」

「ご師範の剣が未熟であれば、私の剣はなんでございましょう。よろしければ、どのようなことか、お聞かせ願わしうございます」

俊平は、酔う気にもなれず盃を置いた。

「あ奴はの、美濃今尾藩主竹腰正武の家臣じゃ。竹腰は附家老、つねに尾張藩の動きに目を配り、幕府に報告しておる。そうした目配りをする藩ゆえか、もともと尾張柳生にもどこか批判的なところがあった。とはいえ、若き日には、名古屋《なごや》の道場にて素直に尾張柳生を学んでおったが、しだいに稽古に来ぬようになってしもうた。あやつは、たしかに強かった。わしもその若さゆえの鋭い剣勢に、たじたじになることもあった。あやつが去ってから数年し、風の便りに上泉信綱の元祖新陰流を学んでおると聞いた」

「新陰流、たしかに私にもそう申しておりました」

「うむ。そなたも知ってのとおり、柳生新陰流はもとをただせば流祖柳生石舟斎《せきしゅうさい》先生が上泉信綱の新陰流を学び、新しく一流を開いたもの。又四郎は当流の源流に立ち帰り、根本から新陰流を学び直したいと考えたのであろう。あるいは、わしの剣に不満であったゆえ、柳生新陰流の本流に立ち帰り、それを正そうとしたのかもしれぬ。剣の道を極めんとする純粋な気持ちがあったのかもしれぬよ」

「そうであったかもしれませんが、あの男、今はまるで剣鬼のようでございました」

「そうか……」

伝兵衛は、重く吐息《といき》した。

「なにやら、その気配には妖気さえ……」

「妖気か」

「人を斬りたいという思いが、執念となってひしひしと伝わってくる、そんな気配でございました」

「なんとも悲しいことよの。どこで、あやつの剣が狂ってしもうたか」

伝兵衛は、しばし盃を摑んだまま、思いに耽《ふけ》るようであったが、

「まこと、剣の道は険しい。一歩踏み誤れば、一匹の剣鬼が生まれる」

「はい、心せねばならぬこと」

「気をつけよ。あ奴と争うてはならぬ」

「ご師範は、私が敗れると……」

「それはわからぬ。だが、そなたには立場がある。将軍家剣術指南役じゃ。軽々に剣

で争うてはならぬ。それに、なにより柳生新陰流は活人剣《かつじんけん》なのじゃ」

「わかっております」

奥師範はあらためて俊平を見かえし、チロリの酒を勧めた。

「ところで、あやつは商人の用心棒と言うたな」

「おそらく、竹腰殿の命《めい》を受け、大黒屋を護《まも》っておるものと思われますが、ただその様は無頼の用心棒さながら」

「商人の警護か。主が腐っておれば、藩士も腐るな。して、そなたはまたなにゆえ大黒屋と会うた」

「ゆえあって、柳河藩の花火商人を助けております」

「はは、一万石同盟の縁じゃな。わしも伊茶姫の縁で、そなたの一万石同盟に片足をつっ込んでしまいそうじゃ」

伝兵衛は、ようやく明るく笑いながら盃を取った。

「ご師範がお加わりくだされば、我が同盟は磐石《ばんじやく》」

「しかし、わしは大名ではないぞ」

「なんの。先生は幾万石の価値もある剣の師範にございます」

「はは、そなたにそう言われれば、なにやら気持ちが太うなる。とまれ、又四郎には用心いたせ。剣の敵と知れば、なおのこと食ってかかろう」

「用心いたします」

俊平はそう言ってうなずくと、返杯とチロリの酒を伝兵衛の湯飲みにたっぷりと注いだ。

四

「花火は、消えていく瞬間がいちばん美しいものでございますね」

伊茶姫が、なにやらしんみりとした口ぶりでそう言い、俊平をじっと見つめた。

柳生藩で借り切った屋形船には、その宵、俊平の他、段兵衛、奥伝兵衛、伊茶姫、お局の綾乃、雪乃、志摩が乗り込んでいる。

伊茶も、段兵衛も、道場での稽古の後で、伊茶はいつものように若衆髷《わかしゆまげ》に男装の袴姿、細身の脇差しを腰間《ようかん》に落としているが、三人のお局は船遊びを前に湯屋で体をきよめ、髪結いにまで足を運んで、片はずしに結い、浴衣《ゆかた》に歯の高い下駄《げた》を履《は》いて来ている。

小粋な浴衣に団扇《うちわ》姿は、すれちがう遊覧客の目をしきりに集めている。

川下、海に近い築地《つきじ》の方角から、尾張藩の大名花火が高い弧を描いて狼煙のように上がり、どっと歓声が上がった。

こちらは武家花火で、戦場の狼煙から発展したものだけに、ひと筋の狼煙花火が夜空にひときわ高く上がり、弧を描いて消えていく趣向で、これはこれで面白い。

「あれは、さぞかし高うございましょうな、ご師範」

「なんせ、狼煙から始まったものじゃからの。花火は、やはり高さがいちばんじゃよ」

奥伝兵衛が得意気に言えば、

「狼煙花火は、伊達藩のものも高く上がるぞ」

気をつかうこともせずに段兵衛がそう言うと、伝兵衛はちらと段兵衛を見かえし、不満そうに咳払いした。

「ほう、また上がった」

今度は伊達藩下屋敷辺りからである。

「ちと、赤みを帯びているが、あれは大黒屋の火薬らしい」

段兵衛はこのところ有明屋に通い詰めで、だいぶ花火に詳しくなっている。

「大黒屋は、とうとう伊達藩にまで食い込んでしまったのだな」

俊平が、驚いたように言った。

「今宵は、大黒屋と真っ向勝負という話だな。鍵屋は、大黒屋から仕入れた硝石を配合した火薬の花火も打ち上げ、有明屋と比べてみるというではないか」

「そうなのだ、俊平。六つ半（七時）頃から大黒屋の火薬を使った花火を打ち上げ、五つ（八時）頃からは有明屋のものを上げるという。場合によっては、せっかく鍵屋に食い込んだが、締め出されるやもしれぬ。ここは負けられぬところだ」

段兵衛は、膝をさすり、苛立《いらだ》たしげに夜空を見あげた。

「段兵衛殿。大丈夫か」

奥伝兵衛師範までが、心配げに訊ねた。

「まあ、なんとかなりましょう。妙春院が、急ぎ国表《くにおもて》に残った金兵衛《きんべえ》なる花火師を早駕籠で江戸まで呼び寄せると申しておりましたが、ようやく二日前に到着したそうです。こやつは名人。昨日は、寝ずの作業であったそうだ」

「それはよかった」

伝兵衛が、安堵して女たちと顔を見あわせた。

「して、よい配合の火薬ができたかの」

俊平が、段兵衛に訊いた。

「金兵衛め。だいぶ工夫をしておったらしく、微妙に配合の比率を変えたそうだ」

火薬の量も、紙筒に上手に詰め、多めにする工夫を加えたという。色も大黒屋と同じように赤が出るよう、秘伝の粉を加えたらしい」

「ほう、それは楽しみだの」

「だが見たところ、伊達藩の狼煙花火もよう高く上がっておる。あちらはあちらで加工を加えているのであろう。油断はできん」

段兵衛が、夜空を見あげて唇を歪めると、

「難しいことはわかりませんが、段兵衛さま。そう怖い顔ばかりしていては、せっかくの花火を楽しめません」

伊茶姫が、横から口をはさんだ。

「やるだけやったら天命を待つのみでございましょう」

「そうかの」

段兵衛が伊茶姫の意外な思い切りのよさに驚いた。

「剣も花火も、おそらく変わりはございますまい。わたくしは、金兵衛なる花火職人が間《ま》にあったというのですから、運は有明屋にあるように思えます」

「そうですとも、伊茶さま」

茶目っ気のある雪乃がうなずいた。ちょっと呂律《ろれつ》がまわっていないところをみると、だいぶ酔いが回っているらしい。

「人の世は、この花火のようなもの。仏の目からみれば、刹那《せつな》のように、短くはかないのだ。くよくよせず、腹を括《くく》らねばならぬの」

さっきの伊茶の口ぶりにつられたか、俊平も神妙に盃の酒を飲み干すと、

「殿も、このところだいぶ胆《きも》が据わってまいりましたな、頼もしうござる」

さっきまで一人黙々と飲んでいた用人の梶本《かじもと》惣右衛門が、目を細めて主の俊平を見た。

「くよくよしても、成るものは成る、成らぬものは成らぬ」

奥伝兵衛も、言葉を重ねるように言う。

「さよう。そのように考えたほうが、ものごと、かえってうまくいくものでございまする」

惣右衛門が、奥伝兵衛に酒器を取って勧める。

「それがしも、殿が上様の指南役を仰せ使った時は、どうなることかと夜も眠れませなんだが、殿は立派にお務めじゃ」

「ほう、さようか」

奥伝兵衛も、話を聞いて目を細め、俊平を見かえす。

「さあ、ご遠慮なく」

歳嵩の綾乃が、初老の武士二人に皿の料理を勧めた。

また、ドド～ンと轟音がして、船の上から引き出すような立ち花火が上がる。

鍵屋の花火である。刻限から考えて、どうやら大黒屋の火薬の花火らしい。

「まこと、このように近くから花火を見るのは初めてでございますね」

雪乃が、伊茶姫と顔を見あわせた。

「なんの、あれしき」

段兵衛は、大黒屋が打ち上げた立ち花火がいまいましいらしい。

「もはや、大黒屋であろうと、有明屋であろうと、よろしいではございませぬか」

伊茶姫が、また段兵衛を見ながら言うと、

「まこと、姫は呑気だ。この大黒屋との花火競いには、柳河藩の命運がかかっておる」

段兵衛が、叱るように姫に言った。

みな、酒がまわってほろ酔い気分である。

「どうであろう、花火の近くまで行ってみるか」

俊平が、みなに誘いかけた。

「うむ、よいな」

俊平に誘われ、段兵衛もうなずいた。

俊平は惣右衛門に命じ、船頭に花火の上がる船に近づけるよう伝えさせた。

川面には、数十艘は出ていよう。提灯の明かりが煌々《こうこう》と照り、水面に映っている御簾や、障子戸を上げているので、どの船も丸見えである。

ゆっくりと船を出していくと、屋形船に芸者を乗せ、三味線をひかせながら花火見物に興じる者もあり、うろうろと、食べものや酒を売る船、どこぞの大名か旗本の借り切った船は浅葱裏《あさぎうら》の田舎侍が、幕の内で浮かれ騒いでいる。

動きはじめた船の中から両国橋を見あげれば、相かわらず橋が落ちるほど人が鈴なりで、身動きもとれないほどの賑わいである。

岸を見あげれば、藤堂和泉守《とうどういずみのかみ》の屋敷近くにある藤堂揚げ場や、水戸藩《みとはん》の石揚げ場まで、鍵屋の花火師がじっくり詰めているが、委託したことを隠したいのか〈有明屋〉が下受けした花火は主に船から上げているという。

俊平らの乗った屋形船が近づいていったのは、慌ただしそうに人が立ちはたらく大型の花火船である。

やはり有明屋の船らしい。

「まあ、これは柳生さま」

妙春院が、船縁《ふなべり》に出て俊平一人を船に迎えた。

ちょうど、これから鍵屋に委託された花火を上げるところらしい。

先日、両国橋際の〈有明屋〉工房を訪ねた折、顔を合わせた花火師徳兵衛が俊平に笑顔を向けて挨拶をした。

「おい、真剣に仕事をしろい」

徳兵衛に白い眼を向ける男がいる。

五十がらみの鬢《びん》の毛の薄くなった初老の男で、〈有明屋〉の法被を着ているが、初めて見る顔であった。

竹筒の火薬を確認しているところらしい。これが、国表から駆けつけた金兵衛という花火師であると段兵衛が俊平に耳打ちした。

船側には、ずらり竹と木の筒が並んでいる。どの筒も丈夫な樫の木の台に据えつけられており、さらにその土台は船床にしっかり固定されていた。

「慌ただしいところに邪魔して、すまぬな」

「いいえ、柳生様のお励ましで、ここまで来られたようなものでございます」

妙春院は、俊平が訪ねて来てくれたことが嬉しいらしい。

「江戸じゃ、大名が川に船を浮かべて贅沢を楽しんでいると聞いたが、なるほど船で埋まって身動きがとれねえ」

ちらっと俊平を見かえして金兵衛が言う。

「そんなところに船が浮かんでちゃ、火の粉が散ってあぶねえよ」

さらに、船縁に顔を出した伊茶とお局に言った。

「こちらは、金兵衛と申す者。ようやく、二日前に国表から駆けつけました」

その男を振りかえって、妙春院が俊平に紹介した。

「それはよかった。これでなんとか目処《めど》はつきそうですね」

「金兵衛は、高さなどあまり要らないと言い張り困りましたが、なんとか」

妙春院は苦笑いして、金兵衛を見かえした。

「お姫さま、高さなんて、二の次だよ」

不機嫌そうに、こちらに顔を向けた。

「花火は、仕掛けの面白さと、色に、音。むろん、高く上がるに越したこたあないが、そればかりじゃ、あの伊達の花火のように、狼煙のようでちっとも面白くねえ。そうだろう」

金兵衛が、他の花火師たちを見まわして言う。

「まあ、妙春院さまがどうしてもとおっしゃるんで、高さも考えて、硫黄を多めにしたがね。とまれ柳河藩の粋な花火を楽しんでもらいましょう」

「俊平さまっ」

屋形船から、また伊茶、お局方が顔を出した。

「危ねえよ。これから花火を上げる。火の粉が散って、姐さん方の綺麗な着物が黒焦げになるぜ」

金兵衛が大きな声でふたたび女たちを叱った。

「まあ」

伊茶姫が、不機嫌そうに口を尖らせた。

妙春院は、お局方の顔を見るのは初めてである。妙春院は俊平を見かえし、ちょっとすねた顔をして、

「まあ、あれだけお綺麗な方々と顔見知りなら、面倒なご継室など欲しくはございませんでしょうね」

と言った。

「いや、あの方々はごく内輪の道楽仲間です」

俊平はそこまで言って、屋形船の上の船頭に、

「この船から離れていたほうがいい。火の粉が散るよ」

そう言うと、船頭はわかりましたと言って流れに竿《さお》を差した。

花火師の金兵衛の説得で、屋形船の五人は首をすくめて簾を下ろした。

つぎつぎに、花火が点火される。

轟音とともに、いっせいに有明屋の花火が夜空に立ち上がった。

次に仕掛け花火の小柳に蝶や、葡萄《ぶどう》、花車《はなぐるま》や提灯、立傘《たてがさ》とつぎつぎに繰り出される。

高さも十分で、しかもこれまでにない珍しい仕掛けものばかりである。

むろん、俊平もこうした仕掛け花火のことはよく知らないが、あれよあれよと夜空を見上げ、息を継ぐ間もなくながめているだけで楽しい。

そのうちに、有明屋の分が終わった。

どっと川の両岸からどよめきが起こる。これまでの鍵屋の花火には欠けていた色彩の鮮やかさがある。まるで、夜空に花が咲いたような華やかさである。

「聞こえましたか。あの喝采が。金兵衛さん、よくやりましたね」

妙春院が、上気した声で金兵衛の手を取った。

「なあに、まだ不満なところはいろいろある」

「お姫さま、船が」

徳兵衛が、川下から近づいてくる一隻の屋形船に気づいた。

鍵屋弥兵衛が乗って手を振っている。

恰幅《かっぷく》のいい温厚そうな人物である。大勢の店の者を連れている。

「よくやった、有明屋さん。こんな見事な花火は初めて見たよ。これからも、よろしく頼むよ」

「まあ、うちの火薬をこれからも使ってくださるんですね」

「ああ、大黒屋の物など要らないよ。こうしてみると、高さも大事だが、やっぱり花火は色と広がりの大きさ、それに音だね」

「ほうれ、みろ」

金兵衛が、俊平の横で得意気に腕を組んで言った。

「まったくだ。金兵衛さん。あんたの言うとおりだよ」

俊平が声をかけると、話がわかる男と、金兵衛はあらためて俊平を見かえした。

「金兵衛さん、あなたの花火はいちばんです。こんな凄い花火を見たことがありません」

屋形船から伊茶姫の声援が届くと、花火師の間からどっと喝采が起こった。

第三章　両面の忍者

一

月例の朔日《さくじつ》登城日に江戸城入りした柳生俊平は、二人の一万石大名一柳頼邦、立花貫長とともに、城中大広間で行われる将軍謁見《えっけん》の儀式に臨《のぞ》んでから、深川への遊興を誘いかける二人に別れを告げ、大岡越前守忠相《おおおかえちぜんのかみただすけ》の待つ芙蓉《ふよう》の間に急いだ。

内々に忠相に調査を依頼していた一件について、調べがととのったとの連絡を、お城坊主を通じて受けとったからである。

忠相は、広い芙蓉の間でぽつんと一人座り込み、待ちかねたように白扇《はくせん》を弄《もてあそ》んでいたが、俊平を見つけてすかさず立ち上がり、あたりを見まわした。

お城坊主が数人、こちらのようすをうかがっている。

「柳生様、じつは昨夜、そこもとをお見かけした」

忠相は、なにくわぬ顔で俊平に呼びかけた。

「はて何処でござろう――」

「両国橋でございますよ。柳生様は納涼船で、いつものように奇麗どころをはべらせておられた。なんとも、羨ましうございましたぞ。それがしなど、役儀とは申せ人を掻き分け部下を連れて土手沿いに前後三里も歩いた」

「さようか」

俊平は苦笑いをして応じ、俊平を待ちかねていたはずの忠相が、なにゆえ戯《ざ》れ言《ごと》ばかりを重ねるかを察した。お城坊主の多くが幕閣有力者の耳目《じもく》となっているのは周知の事実である。

「なに、あれは道楽仲間のつきあいにて、粋筋《いきすじ》の関係の者ではござらぬ」

軽くかわしてから、

「お役目のこととはいえ、いやいや大変でございますな」

と忠相をねぎらった。

町奉行は重労働とは聞いていたが、たしかに忠相はこのところ寝不足がつづいているのか眼が赤い。

「花火は、出火の心配がございましてな。市中での打ち上げについては、幾度も禁止令を発布いたしましたが、こたびは厄払いもかねた川開き、まずは火の手の心配はなかろうとは存ずるが、心配性が抜けませぬ」

忠相は、出火のことが、頭から離れないらしい。

忠相は、将軍吉宗から江戸の防災を一任され、これまでにも町火消しの整備に、屋《や》根瓦《ねがわら》の推奨《すいしょう》と、生真面目に取り組んできている。

「なるほど、川縁とはいえ、火の粉は両岸の家々に降り注ぎましょう。たしかにそのような心配が出てまいりますな」

木と紙でできた江戸の町は、めらめらとよく燃えて、すぐに数十万の犠牲者が出る。

「そのうえ、この頃は諸大名が商人に負けじと豪華な狼煙花火を競い合って打ち上げまする」

「たしかに、あれはよく上がりますな。月まで届くかと思うほど。伊達家のものなど、鍵屋の花火とはまた別の趣です。まるで戦場の狼煙さながらに高く上がって、ひと筋の弧を描いて落下してくるさまは、あれはあれで面白い」

俊平は、数日前の宵のひときわ華やかな伊達の狼煙花火を思い出した。

「ただ、そうなると、出火が心配」

「まことに」

お城坊主が、忠相と俊平のために茶を淹れてきた。見知らぬ坊主で、俊平はとりあえず礼に白扇を渡した。お城坊主はこれを後で金に替えて、懐を肥やしている。

その坊主が去っていくと、別のお城坊主がまた近づいてくる。

忠相は、やむなくまた声を高めた。

「とはいえ、多少の危険はあっても川開きなされたこと、上様のご英断と存ずる。飢饉に、疫病《えきびょう》に、このところ江戸では暗い話題がつづき、町民も気が滅入《めい》りがちであったはず。日を追って、町民も明るさをとりもどしております」

「たしかに、これからも天災がつづいてまいりましょう。米に替わる作物を早々に見つけ出さねば……」

俊平もちらちらとお城坊主の動きを見た。まだ数人は背後で聞き耳を立てているらしい。

「米にかわる作物に、よいものが見つかりましたか」

「いくつかは上がっております」

忠相の話では、与力の加藤又左衛門《かとうまたざえもん》の推挙で儒学者《じゅがくしゃ》青木昆陽《あおきこんよう》を招き、代替え作物についてあれこれ諮問《しもん》し、幕府書物を閲覧《えつらん》することを許したという。昆陽の助言に従い甘藷《かんしょ》〈薩摩芋《さつまいも》〉が飢饉によいということで、小石川薬園でその栽培をすすめているという。

「ほう、甘藷。そのようなものがございましたか」

「はたして東国で栽培できるものか、まだまだ検討半ばでござる」

忠相はこれみよがしに声を高めてそう言ってから、

「ところで……」

左右を見かえし、茶坊主がようやく消えたことを確認してから、俊平に向かって膝を詰めた。

「昨夜柳生様があの宵船を寄せていった花火船は、いったいいずこの持ち物でござったか」

「いや、その、あれは……」

俊平は、一瞬〈有明屋〉の船であると口を滑らせそうになったが、慌てて口を塞《ふさ》いだ。幕府公認の花火師は鍵屋のみ。たとえ下請けにしても、鍵屋の下で有明屋が花火を造っていることは、江戸の防災を担当する大岡忠相にはさすがに告げられない。

「さようでござるか」

忠相は、にやりと笑ってから、

「たしか、柳河藩より、藩で作った花火を江戸で提供したいと申し入れがございました。しかし、花火の扱いは微妙なもの、鍵屋弥兵衛はすでに六代目にて、初代は三代将軍家光《いえみつ》公の頃より江戸で花火屋を営んでおり、とりあえず、公認の店はこの鍵屋一店のみに限っております。立花様には、どうかよしなにお伝えくだされ」

忠相はもういちどにやりと笑ってから、

「もう一店、大黒屋なる美濃の業者が公認を求めておりましたが……」

大岡忠相は、また目を据えて俊平を見た。

「これも、今回は公認いたしませなんだ。じつは……」

そこまで言って、忠相は声を潜め、

「この件について、ご依頼の件、調べが上がってまいりましたぞ」

いちだんと低声《こごえ》になって俊平に膝を寄せ、忠相が前のめりになって額を俊平の耳に近づけた。

これより前、柳生俊平は大黒屋亮右衛門《りようえもん》がどのようにして天領である高山白川郷の硝石を入手しているのか不思議なところがあるので、調べてほしいと忠相に依頼していた。

　飛驒天領の産物が隣国の美濃の商人の手で売りさばかれていることは、幕府資産の横流しに当たるため、見逃すことはできない、と判断したからである。

　忠相は、むろん俊平が影目付を拝命していることは承知のうえで、これは役儀と本腰を入れて調べてくれたらしい。

「いや、この件はなかなか奥が深いことと存じましたぞ」

　忠相はそう言って眉を寄せ、困惑を露《あら》わにした。

「諸国の天領の代官所は、柳生様もご存じのとおり勘定奉行の管轄。そこで、こたび内々に高山近郊白川郷で採取される硝石について、販路を勘定奉行松波正春《まつなみまさはる》殿に問いあわせたところ、たしかに美濃今尾領内の業者大黒屋亮右衛門へ卸しているとの報告が戻ってまいりました。天領で採れる硝石を、なにゆえ他藩に売りさばいているのか、考えてみれば妙な話で、さらにこの点を問い質《ただ》しましたところ、松波殿は美濃今尾藩主竹腰正武様にぜひにもと求められ、融通したとのことでござった。竹腰殿は尾張藩の附家老、御三家筆頭尾張藩からの依頼とあらば、松波殿も、代官所役人も、要求に従わざるを得ないものと存ずるが」

「尾張藩の要求でございますか。はて、それは妙な話」

俊平が首を傾げた。

忠相も、その意味をすぐに理解してうなずいた。

「たしかに、昨今の徳川宗家と尾張藩の関係を思えば、尾張藩が天領の硝石を廻すよう求めたのは、いかにも妙。その硝石が一商人である大黒屋に流れているのは、さらに奇々怪々でござる。そこで、別に美濃方面を担当するお庭番《にわばん》を呼び出し問い質したところ、大黒屋は最近こちらの動きに先回りしたかのように、尾張藩とは昵懇《じっこん》であることを装い、硝石を売る動きをみせはじめたとのこと、ただ、尾張藩では竹腰殿を警戒し、買い求めることに慎重ということでございます」

「尾張藩が、ものが火薬だけに、痛くもない腹を探られるのはご免と、買い渋るのは無理からぬこと。よう調べられたな、大岡殿」

「そこで――」

忠相は、またうかがうように俊平を見た。

「この一見、なにやら匂うものがござるゆえ、松波殿の背後を探ってみると、なんと意外な人物が浮かびました」

「意外な人物……？」

「それが……」

忠相は、左右に人のないことを確かめ、

「柳生殿、これはどうかぜひにもご内聞にお願いしたいが……」

とあらためて俊平に迫った。

「むろんのこと、このようなこと、とても他言はできませぬ。大岡殿とこの私が知っておればよいこと」

「さようか」

忠相は大きくうなずいて、

「されば、勘定奉行松波殿は、御側御用取次《おそばごようとりつぎ》有馬《ありま》氏倫《うじのり》殿に白川郷の硝石を竹腰殿のもとへ廻すようご指示をされたことを渋々お認めになられました」

「なに、あの有馬氏倫殿が――！」

俊平は予期せぬその大物政治家の名に息を呑んだ。

有馬氏倫は、紀州から将軍吉宗が連れてきた紀州家家臣のなかから抜擢《ばってき》した三人の将軍御側取次役の一人で、なかでも吉宗の信頼は最も篤《あつ》く、さまざまな政策立案にかかわり、今や幕府内にあって最も力を発揮する人物と言ってよい。

氏倫への将軍吉宗の信頼がことのほか篤いことには、その大胆で迅速な政策遂行能力の他に、深い事情があった。

吉宗は紀州藩主徳川光貞《みつさだ》の四男として生を受けたが、湯殿の女の産んだ子として軽視され、家臣の加納五郎左衛門《かのうごろうざえもん》のもとに預けられた。この時、有馬氏倫が吉宗の側近としてはたらき、たびたび窮地を救ったという。

こうして成長した吉宗は、その後も部屋住みの子として軽んじられつづけた。だが、藩を継ぐべき兄、綱教《つなのり》、頼職《よりもと》が早世し、幸運にも藩主の座が吉宗のもとに転がり込むと、側近中の側近有馬氏倫は一気に頭角を現してくる。

吉宗の将軍位継承の折にも裏方としての氏倫のはたらきは絶大で、大奥にまで手を回し、吉宗を将軍に担ぎあげたというが、このあたりはつまびらかでない。

とまれ、そうした裏側での貢献も吉宗が頭が上がらない理由らしい。

「されば大岡殿は、有馬殿が竹腰正武殿ならびに大黒屋の後ろ楯《うしろだて》となっておると見ておられるか」

「実際のところ、この件に有馬殿がどれほどかかわっておられるかははっきりわかりませぬが、なんらかの関与があることはまちがいないと存じまする」

忠相も、そこまで言うのが精いっぱい、すぐに口ごもった。

「されど、そういう人脈の構図であれば、大黒屋に飛騨の硝石が売られていること、無理からぬことと存じます。されば有馬殿と竹腰殿は、甘い汁を吸う兜虫《かぶとむし》ども」

そこまで言った時、遠ざかっていたお城坊主が、また茶を運んで現れた。

「すまぬな――」

無愛想に忠相が受けとると、茶坊主は二人の顔色をうかがい、そそくさと立ち去っていった。

二人はまた目を見あわせた。

「それにしても、これはちと難題でござるな。柳生殿は、またなぜそれほどこの件にかかわりを持たれる」

「はて、それは――」

俊平は言いかけて、口ごもった。

あえて言えば、女傑妙春院、ひいては柳河藩に肩入れしているというところだが、そんなことを忠相に言ったところで忠相の理解が得られるものではない。

「大黒屋は、硝石の販路を諸藩の武家花火に向けております。むろん太平の世に、諸大名が大量の硝石を手に入れたところで、すぐさま脅威となるものでもありますまい。しかし、火薬は今や当代兵器の中核に位置するもの。諸大名の火薬の購入については、幕府としてもじゅうぶん目を配っておかねばなりませぬ」

「それは、さようでござるが……」

忠相は、俊平の返答にはもっともと応じざるをえない。

「さればこの件、いまいちど詳しく調べてみることにいたしまする。ところで、この汚職事件の全容が解明された場合、俊平殿はどうなされる」

忠相はあらたまった口調で俊平に向かい、下手《へた》をすれば、忠相も俊平も首が飛ぶと伝える。

「はて、影目付ゆえ、上様にお伝えせねばなりますまい」

「なんとも、気の重いことでござるな」

「まことに」

俊平は、忠相と目を見あわせ、互いに重い吐息をもらした。

二

それから数日経ったある日のこと、心持ち遅い朝餉《あさげ》をすませた俊平が、藩主の執務室で決裁を求めてくる国表からの書類の束に目を通していると、用人の梶本惣右衛門が内庭に面した廊下から明かり障子越しに小声をかけてきた。

「殿、遠耳《とうみみ》の玄蔵《げんぞう》とさなえがまいっております。いかがなされます」

二人は、影目付の俊平に付いたお庭番である。

俊平は書類を置いて立ち上がると、

「すぐに会おう」

からりと大きく障子を開けた。

庭先には、縞《しま》の小袖の玄蔵と町娘風の装いのさなえが、片膝を立ててかしこまっている。昇ったばかりの夏の陽光がまぶしい。

「両名とも、久しいな。朝からどうした」

「はい、お耳に入れておきたいことがございまして」

玄蔵は、あいかわらず俊平を見あげて動かない。

「どうした。そのようなところで、堅苦しいまねをしておらず、遠慮なく上がってまいれ」

「いいえ、私どもはここで」

二人とも、いつもとはちがって妙にかしこまっている。

「どうしたのだ」

俊平が怪訝そうに声をかけた。

「いえね、大岡様にお小言《こごと》を頂戴しましてね。影目付を拝命されたこと、けっして上様の戯《ざ》れ言《ごと》ではない。柳生のお殿様にもっと本腰を入れて手伝いせよと」

「なに、大岡殿は、そのようなことを言われたか」

俊平は、忠相も気負い込んだものだと驚いたが、高山代官所と竹腰正武との繋がり、さらにその奥に控える有馬氏倫のことを、やはりずいぶん重く受けとめているようである。

「なに、影目付と言っても、それほどの大それたお役目ではないのだ。上様の気まぐれから発したこと。手足となって動く配下の者とて決まってはおらぬ。まあ、それだからこそ、そなたらに仕事が回ってきたのだろうが。とまれ、茶でも飲んでいけ」

俊平がそう言って遠慮がちな二人を御殿に上げると、小姓頭《こしょうがしら》の森脇慎吾《もりわきしんご》が二人のために笑いながら茶と茶受けの菓子を用意してきた。

「こりゃァ、いつもすみません」

玄蔵は、慎吾を見て首を撫で、うまそうに茶で咽《のど》を湿らせると、

「じつは、例の高山代官所の一件ですが――」

心もち声をひそめ、あらためて俊平に顔を向けた。

「御前もご承知のように、高山は幕府の天領。諸国を巡るお庭番は、いつもあそこでひと息入れて、諸藩に潜り込みます。ことに加賀藩は外様の雄藩。硝石を産する五箇

山がございまして、仲間うちでは身を引きしめてかかる前の休息の場所となっております」

「なるほど。お庭番の仕事も大変そうだな。五箇山はたしか加賀藩の流刑地《るけいち》とされていたな。近くの川には、橋を掛けることが許されておらず、葡萄の蔓《つる》で作った大綱を谷の上に張り巡らせていると聞いた」

「よくご存じで」

玄蔵が、驚いてさなえと顔を見あわせた。

「村人はその綱に籠を縛りつけ、それに乗って谷を渡るという話でございます」

さなえが、玄蔵の言葉を継いで言った。

「まこと、途方もない秘境だな」

「それほど加賀藩が五箇山を外部から隔絶させているのは、ひとえに硝石の生産を隠すためと思われます」

「ふむ。火薬とは、諸大名にとってはそれほど重要なものなのだな」

「戦さの勝敗を決めるほどのものでございます。まあ、こうした太平の世には、持っているだけで痛くもない腹をさぐられる厄介《やっかい》なものではございますが」

「ふむ。だが、痛くもない腹をさぐっているのは他でもない、そなたらであろう」

「こりゃァ、ごもっともでございます」

玄蔵は苦笑いして、頭を掻いてから、

「すみません。話がだいぶ横に逸《そ》れてしまいました」

真顔になってぺこりと頭を下げた。

「話は、その高山代官所の件でございますが、そこを訪ねるお庭番が、たびたび消息を断っておることが記録に残っております」

「なに、それは只事ではない」

「それも、一人二人じゃございません。記録に残るだけで四人。疑念を抱いた勘定奉行が、それを調べるためここ数年のうちに三人の密偵を送り込んだのですが、みな死体となって付近の川に浮かんでおりました」

「しかし、それは妙な話だ。加賀藩に入った密偵が消されるのならわかるが、白川郷は天領ではないか」

「さようで。しかも、その死に方が尋常じゃあございません。忍びの放った手裏剣《しゆりけん》を食らっていたり、背後から鉤爪《かぎつめ》で首を殴られたりで。しかも、死体の胸のあたりにはきまって飛騨の伝承にある両 面宿儺《りようめんすくな》の刻印が」

「両面宿儺……？」

「はい。顔が二つあるという伝説上の飛騨地方の怪物で」

「気味が悪い話だ。何者の仕業《しわざ》か」

「まるで見当もつきません。加賀藩には戦国の昔から加賀忍群というものがございましたが、大坂の陣の後で解散したと聞いております。それに、硝石の秘密を守るといっても、白川郷のものは天領なので秘密にするようなものじゃございません」

「ならば、どこの忍びだ」

「見当もつきません」

玄蔵は後ろ首を撫でてさなえと顔を見あわせた。

「俊平さま……」

廊下に、ひそやかな女人の声がある。

真夏の陽光を受け、後方に髪を束ねた女人の影が明かり障子に映っている。道場の稽古を終えた伊茶姫が、いつものびわ茶を淹れて持ってきたらしい。

「まあ、これはお客さま。あまりにお静かなので、気がつきませんでした」

襖を開けた伊茶姫が、玄蔵とさなえを見つけて立ちどまった。

「これは、伊予松山のお姫さまで。お邪魔しております」

玄蔵が、振りかえって頭を下げ、そのままさなえと顔を見あわせている。

「どうした、話をつづけてくれ」

俊平が、玄蔵を促した。

「ええ、まあ……」

玄蔵は、調べあげた幕府内部の大事な報告なので、伊茶姫には聞かせられないらしい。

「なに、姫は身内も同然。これまでにも影目付の仕事にあれこれ手を貸してくれたではないか」

「あ、これは気がつきませんでした」

伊茶姫が早々に茶を置いて、立ち去ろうとすると、

「へい、まあ、それじゃァ、お話しさせていただきます。ただ、姫さま、この件はどうかご内密に」

玄蔵は、姫を振りかえり頭を下げ、後ろ首を撫でた。

「承知しました」

伊茶姫がにこりと笑って盆を膝に乗せた。

「そもそも、白川郷ってところは、妙なところなんでございます」

と、玄蔵は姫にも顔を向け、話しはじめた。

「まあ、白川郷のお話でございましたか」

伊茶姫は、目を輝かせ盆を傍らに置いて身を乗り出した。

「はて、姫はなにゆえ白川郷をご存じか」

「知っておりますとも。白川郷は、平家の落人《おちうど》村のある飛騨の山奥の人跡まれな地と聞きおよんでおります」

「へい、そのとおりで」

「わたくしは幼い頃、昔話の好きな乳母から、一夜にして滅んだ帰雲城《きうんじょう》の話を聞かされ、なんとも不思議な出来事のあった地としてその名を記憶しております」

「帰雲城……、なんだそれは。初耳だぞ」

「白川郷といえば帰雲城。俊平さまともあろうお方が、ご存知ありませんでしたか」

「聞いておらぬ。なにやら面白そうな話だな。ぜひとも聞きたい」

「はい。白川郷はそもそも木曽義仲《きそよしなか》の火牛攻《かぎゅうぜ》めによって攻略された平家の落ち武者が、そこを開山し、住みついた地でございました。その後、寛正《かんせい》の頃、内ヶ島為氏《うちがしまためうじ》という土豪《どごう》がこの谷に入り、支配しはじめます」

「それは、足利尊氏《あしかがたかうじ》の開いた室町《むろまち》幕府統治がうまくいかず、乱世となり戦国の世が始まりかけた頃だな」

「はい。その後、豊臣秀吉《とよとみひでよし》が天下統一の途上に、越中《えっちゅう》の佐々成政《さっさなりまさ》と激突いたしますが、この内ヶ島氏は佐々方に付いて秀吉に敗《やぶ》れます。さいわい所領は安堵されますが、それも束《つか》の間《ま》、天正《てんしょう》年間に、突然この世のものとも思われぬ大地震が起こり、内ヶ島氏の城帰雲城は一夜にして崩壊し、内ヶ島一族も滅亡してしまうのです」

「なんとも不思議な話だ。そのようなおとぎ話めいたことが、実際にこの世に起こったというか」

「まこと、人の定めとはわからぬものでございますな」

「一夜にして城も人も地に沈み、滅び去るものでございましょうか」

玄蔵も信じられぬといった態《てい》で伊茶姫を見かえしている。

「わたくしもまた、この悲しい出来事を夢物語のように聞き、今でも忘れることができずにおるのでございます。人の世は刹那《せつな》、人の命も刹那のものにございます」

伊茶姫は悲しげにうつむくと、また顔を上げて俊平を見つめた。

「はて。妙にしんみりとした話になったな」

「その帰雲城でございますが、もっと生臭い話もあるのでございます」

玄蔵が、伊茶姫から話をひきついで俊平に言った。

「どういうことだ」

「じつは、その帰雲城のあった白川郷は、金、銀の産地としてよく知られていたそうで」

「さらに面白い。まことも思えぬ話だな」

「それが、ぜんぶほんとうで。その内ヶ島氏も、じつは鉱山の採掘術が優れていたために、時の足利《あしかが》将軍から派遣されたと聞いております。城には金、銀が大量に蓄えられていたとの話でございます」

「ほう、金銀がな」

「一説には、小判にして百万両とも」

「百万両か。まことも思えぬが……」

そう言って玄蔵を見かえしたが、玄蔵はいたって平然としている。

「玄蔵どの、その金銀は、どうなったのでございましょう」

伊茶姫が、首をかたむけ玄蔵に訊ねた。

「それが、城の何処かに蓄えられていた金銀も、大地震の後、地に埋もれ、鉱山の所在を知る者もみな死に絶えてしまったため、もはや誰にもその所在はわからなくなってしまったそうにございます」

「それにしても、世に財宝伝説は数多いが、これほど残された記録も噂話もない話はめずらしい」

「はい、大地震の激しさが偲《しの》ばれます。あまりに悲しいお話でございます」

伊茶姫も、そう言ってうなずいた。

「だが、その帰雲城、たしかにちと生臭い臭いもする。金蔵に残ったその金銀、掘り起こしたい欲深どもを引きつけそうだ」

「もうとっくに、その欲深どもが蠢《うごめ》きはじめておるのやもしれませぬ」

伊茶姫が、冗談めかして言った。

「うむ、伊茶どのの申されるとおりだ。玄蔵、こうは考えられぬか」

俊平が、玄蔵に向かって膝を乗り出した。

「はい」

「話を聞きつけた代々の代官が、この秘密を調べあげようと密偵を放ったが、いずれも秘密を知られたくない者が、それを阻止し撃退した」

「それは、おおいにありえます」

「だが、いまひとつわからぬ。その者らが金銀を守っているのなら、その金銀のありかはわかっており、遣われてもいよう。だが、飛騨の金銀が密かに出回っている話などはついぞ聞かぬ」

「まあ、それはそうでございましょう。飛騨の一党がそのような金を持っているのなら、火薬の元となる硝石を売って小金を稼ごうなどとは思いますまい」

伊茶姫が、飛騨の一党と大黒屋を重ね合わせて言った。

「されば、そなたは幕府側の者はみな甘い話に乗せられていると申すか」

「おそらく。あるいは埋蔵金発掘の資金がないので、その金をあてにされているのかもしれません」

「それはありうるな」

俊平が顎を撫でて腕を組むと、玄蔵も得心してうなずいた。

「それにしても、こたびの硝石をめぐる妙な動きを見れば、この金銀が絡んでいるように思えてなりませぬ」

「やはり、硝石の横流しだけではないか」

「おそらく、あるいは高山代官所の役人。いや、勘定奉行にまで、分け前の空《から》手形が切られておるのかもしれません」

玄蔵が言った。

「いずれにしても、天領なればこそそうした動きは、深く闇に覆われているのであろう。とまれ夢のような話になりがちだが、まず現実はしっかり見ていかねばならぬ。

玄蔵、もうひとはたらきしてくれぬか」

「何なりと、お申しつけくださいませ」

玄蔵が膝をあらため、畳に拳《こぶし》をついた。

「こたびのこと、鍵となる者はやはり大黒屋だ。なにゆえ竹腰殿と結びつき、その後押しを得ていられるのか。よほど甘言《かんげん》を弄《ろう》しておると見てまちがいあるまい。また竹腰正武殿と有馬氏倫殿との関係も気になる。とまれ有馬殿は、幕閣内では今いちばんの実力者。上様のお気に入りでもある。心して慎重に調べてみてくれぬか」

「心得ましてございます」

「いずれにしましても、花火の打ち上げ争いから、とんだところに話が広がりそうにございます」

伊茶姫が、そう言って俊平を見かえした。

「うむ。面白いことになったが、相手は大物。ちと、気が重い」

「我らも慎重に事に当たる覚悟にございます」

玄蔵とさなえも、険しい顔でうなずいた。

「だが、こたびの話は花火から始まった。眩いばかりの花火の明かりが、飛騨の闇をしっかり照らし出してくれるやもしれぬぞ」

俊平はそう言ってから、伊茶の淹れてくれたびわ茶をゆっくりと口に含んだ。

三

遠耳の玄蔵とさなえが、柳河藩から届いたムツゴロウの甘露煮《かんろに》で、茶漬けを腹におさめて帰っていったその日の夕刻、俊平はふらりと木挽町《こびきちょう》の上屋敷を出て、両国橋からほど近い南本所横網町の有明屋の花火工房に向かった。

有明屋の花火工房はこれで二度目となるが、このところ段兵衛が道場に現れず、なにやら妙春院の仕事にのめり込んでいるようすを、ついのぞいてみる気になったのであった。

だが、段兵衛の姿は工房になく、作業に取り組む花火師の数も心なしか減っている。

その工房のようすを、俊平が首をひねって怪訝《けげん》そうに見まわしていると、

「あっ、柳生様、これはよくいらっしゃいました」

どこから現れたのか、妙春院の付き人となった玉十郎が俊平に駆けよってきた。

「どうしたのだ、玉十郎」

「それが……、ご覧くださいまし」

玉十郎は、眉をひそめて工房を見まわした。

「花火師が、すっかり減っちまって」

「減った、なぜだ?」

「それが、引き抜きを食らったんですよ」

「引き抜き? 大黒屋にか」

「なんでも、うちの倍給金を出すと言う誘いがあったそうで、さすがに欲にかられて、ぞろぞろと抜けていくやつが続出で。まったく妙春院さまや柳河藩の恩義などすっかり忘れちまった薄情者ばかりで」

「だが、それは痛いの」

工房をいまいちど見まわせば、疲れ切った表情の花火師たちが、重そうに体を動かしている。

「仕事がずいぶん遅れていますァ。鍵屋からはやいのやいのの催促で」

もういちど工房を見まわせば、初めてここを訪ねた時、工房を案内してくれた徳兵衛という花火師がこちらを向いている。

「そなたは、大黒屋に移らぬのか」

「あっしは、姫さまに大恩がございます。いくら金を積まれたって」

「それは感心だな」

「それより、あの金兵衛でさあ。はるばる柳河くんだりから早駕籠を乗り継いで江戸に出てきたってのに、後ろ足で砂をかけるようにして出ていきやがって」

徳兵衛が、憤懣《ふんまん》やる方ない口ぶりである。

「いやァ、おれが悪かったのだ」

亡霊のように、俊平の後ろから忽然《こつぜん》と現れた段兵衛が、すっかり落ち込んだ顔で悔しそうに言った。

「段兵衛、おぬしが……」

「あの金兵衛は博打《ばくち》好きでな。賭場《とば》を教えてくれ、としきりにおれに訊ねてきた」

「博打好きには、博打好きがわかるものらしいの」

俊平が苦笑いして段兵衛を見かえした。

「そこで、仕方なく小名木川《おなぎがわ》沿いの大名久鬼家《くきけ》の賭場を教えてやった。金兵衛め、すっかりのめり込んで、連日のようにかよっていた」

段兵衛の話では、金兵衛はその賭場ですっかり有り金を使い果たし、そのうえどこで借りてきたか、五十両もの借金をつくってしまったという。

「そこへ、都合よく大黒屋からの誘いだ」

「大黒屋は、それを知っていたのだな」

「そうらしい。金兵衛は初め、ぜったいに大黒屋などには移らんと強がっていたが、返せ、返せ、とやくざ者に脅され、身の危険を感じたのだろう。とうとう大黒屋が差し出す金を懐に入れてしまった」

「なんとも、まずいことになった」

俊平が懐手で工房を見まわしていると、

「だが、なんとかなるだろう。金兵衛は連れもどす。おれは、兄者に掛けあって、百両を用意してきたところだ」

段兵衛は、懐から紫の袱紗《ふくさ》にくるんだ百両の金を取り出した。

「だが、どこに連れ去られちまったか」

玉十郎が舌打ちしながら、工房を見まわした。

「今は金兵衛あっての有明屋だ。あいつを取られてはまずい。それに、有明屋の技が全部筒抜けになる。これでは、有明屋は大黒屋に太刀打ちできなくなろう」

段兵衛が唸るように言った。

「で、妙春院どのは今どこだ」

俊平が玉十郎に訊いた。

「大黒屋には怒り心頭で、さっきまでみなに当たり散らしていたが、どこに行っちまったのかな」

「おい、徳兵衛。おまえ見なかったか」

段兵衛が老花火師に問いかけた。

「姫さまは、なにやら紋付袴に身をととのえて、小太刀を帯に挟んで出ていかれました」

曲がった腰をさらに深く折って徳兵衛が言った。

「なんだと！」

俊平が、段兵衛と顔を見あわせた。

「もしや、一人で大黒屋に奪いかえしに行ったのではないか」

「妙春院のことだ。その小太刀でひと暴れするつもりかもしれぬぞ」

「段兵衛、おぬし、大黒屋の店がどこにあるか知っておるか」

「知らねえ」

段兵衛はぶるんと頰を震わせた。

「あの……」

徳兵衛が、遠慮がちに俊平と段兵衛をうかがった。

「あっしもまだ江戸は詳しくないが、大黒屋のあるところは聞いてまさァ」

「おまえ、どうして知っているのだ」

段兵衛が、徳兵衛の肩を取って揺すった。

「店を移りたければ、ここに訪ねて来いと」

徳兵衛は、懐からしわくちゃになった書付《かきつけ》を取り出し、両手で広げてみせた。

「悔しいんで、丸めて捨てようとしたんだが、思い直して取っておいた」

「おまえ、ちょっとでも移ろうという気持ちになったわけじゃあるめえな」

段兵衛が、うかがうように徳兵衛の眼をのぞくと、

「おれァ、神懸けてそんなことはしていねえ」

徳兵衛は、懸命に打ち消して首を振った。

「ほう、深川の海辺大工町《うみべだいくちょう》、松平出羽守《まつだいらでわのかみ》隣とある」

俊平が、くしゃくしゃの書付に目を通して言った。

「あのあたりは、小名木川沿いに船宿や商店などが並んでいて、かなり人通りのあるところだ。薬種問屋と聞いた。探せばわかるだろう。行くぞ」

俊平が段兵衛の肩を取ると、

「おお」

段兵衛が、胴田貫《どうたぬき》を鷲摑《わしづか》みにして腰に落とし、鐺《こじり》を上げた。

「あっしも行きます」

気負い込んだ徳兵衛が、懐を探った。

「おまえが来ても、邪魔になるだけだ。それより、いつからそんなぶっそうな物を持っている」

徳兵衛の懐から手垢《てあか》にくすんだ白木の匕首《あいくち》が出ている。

「大黒屋のチンピラに脅されたんで、悔しかったからさっき買ってきた」

「いい度胸だ。ならば、これ以上仲間を引き抜かれないよう、ここで見張っておれ」

俊平が徳兵衛の肩をたたいて段兵衛と表に飛び出すと、もうすっかり夕闇が降りていた。

猪牙舟《ちょきぶね》を拾って大川を下り、左に折れて小名木川の掘割に入った。

これから夜遊びに出かけるらしい粋筋の猪牙舟と、幾艘かすれ違う。岸辺に舟を着けると、土手を駆け上がり、柳の並木を抜けて川沿いの道に出る。

すぐに、大黒屋はわかった。

「こんなところに店を張っていやがったか」

段兵衛がうなるように言って、刀の柄がしらを摑み、店を眺めまわした。

俊平は俊平で、黒の着流しに大小を落とし差しにして、ちょっとした浪人風の装いで店の佇まいを見まわした。

店の軒下に、武家の家紋のような紺地《こんじ》の菊水紋《きくすいもん》の暖簾《のれん》がはためいている。

人相のよくない遊び人風の男が数人、店の前にたむろしていた。

その者らにかまわず、客を装って店の格子戸を開け店に入ると、薬種問屋というだけに、平台の上に袋に入った飛驒霊芝《れいし》などがずらり並べられていた。

三和土《たたき》をすすむと、上がり框《かまち》の手前に女物の草履《ぞうり》が脱ぎ捨てられている。

まぎれもない妙春院の履物であった。

耳を澄ませば、怒気を含んだ野太い女の声が轟いている。

「ほう、やっておるな」

段兵衛が、俊平と顔を見あわせた。

だが、女傑の呼び声高い妙春院でも、荒くれ者を相手にたった一人では分《ぶ》が悪く、男たちの笑い声が大きい。

「もう、今日は店は終わりですぜ。また、明日来てくだせえ。それとも」

表でうろついていたやくざ者が戻ってきて、声をかけた。

啖呵《たんか》でも切るような凄みのある口ぶりである。

「そうはいかぬな。せっかく来たのだ、上がらせてもらうよ」

かまわず草履を脱いで上がり框に立つと、段兵衛もつづく。

「おっと、お侍。それはいけませんぜ。用向きを聞かせてくだせえ」

もう一人、頬に刀傷のある眉の濃い男が、俊平の後ろから追いかけて袖を摑んだ。

「案内はいらぬ」

俊平はその手を振りはらって、

「先に来た女将の連れだ。ここで、落ち合うことになっていた」

段兵衛が、ぎろりと大きな黒目で三人を見まわすと、

「なんだと！」

三人が揃って喧嘩腰になり懐を探った。匕首を忍ばせているらしい。

「おいおい。それが客をもてなす態度かい」

俊平が、振りかえって三人を順にねめまわした。

おちょくられたと思った男たちが、いっせいに懐から手垢のついた匕首を抜き払った。

「俊さん、こやつら、客商売の礼儀を心得ておらぬようだ。少し教えてやるよりある

まい」

「なにを！」

肩を突き出してすごんでいた角顔の男が、だっと突っかけてくる。

段兵衛はそれを横に薙《な》いでかわすと、つっかけてきた男の手首をむんずと摑み、逆手にひと捻りした。

「い、痛え！」

「なら、こうしたらどうだ」

段兵衛がさらに腕をひねると、男はたまらずもんどり打ってひと回転し自分から地に崩れた。

「痛え！」

腰を押さえている。

「てめえら！」

残った男たちが、おじけづいて後ずさった。

とても相手にならない、と悟ったらしい。

「はは、大黒屋の客あしらいが、おまえらの振るまいでおよそわかった。どうやら刃物の扱いも多少心得ていそうだ。ただの商人ではないな」

俊平が、もういちど男たちをぐるりとねめまわすと、

「だ、黙りやがれ！」

叫んだものの、匕首を構えたまま、腕を震わせるばかりで身動きできずにいる。

「匕首で侍と喧嘩などできぬことは承知しておるようだな。待ってやる。長ドスでも刀でも取ってこい。それと、大黒屋に有明屋の用心棒が来たと伝えてこい」

俊平が、大きな声で命じると、

「し、知るもんかい」

男たちは、ふてくされた。

「とりつがぬならば、行くぞ」

俊平と段兵衛は、勝手に店の奥へとすすんだ。

廊下の突きあたり左側の部屋の障子を開け放つと、『白山大権現《はくさんだいごんげん》』と大書した掛け軸のかかった床の間の前で、いかにも粗暴そうな男が脛毛《すねげ》を剝き出しにして大胡座《あぐら》をかいていた。

がっしりとした体軀《たいく》の男で、髭《ひげ》の濃い鰓《えら》の張った大顔、太い縞の小袖の開いた胸元から、熊のような体毛がのぞいている。

どうやらこの男が、大黒屋の主亮右衛門らしい。

その両脇に、店の番頭らしい法被《はっぴ》姿の男たちが居並んでいるが、いずれにしても商人らしからぬ山賊顔で、片膝を立て、匕首を握りしめて妙春院と対峙しているところであった。

妙春院の前には、すでにたたきのめされた男たちが五人ほど伸びていた。部屋にはその男たちの匕首があちこちに散乱している。

部屋の隅には、花火師金兵衛が小さくなっていた。

妙春院といえば、男たちを向こうにまわし、片膝を立て、小太刀の柄《つか》に手をかけたまま男たちを睨みすえている。

「あっ、これは」

妙春院が、ふりかえって俊平と段兵衛を見あげた。

「頑張っておるようだな。妙春院どの」

俊平が声をかけると、辛かったのだろう。女傑で聞こえた妙春院も、さすがに地獄で仏に出会ったような安堵の表情を見せた。

「なんだ、おまえは」

大黒屋が、黒目をぎろりと俊平に向けた。

「おれたちは、そこの法被姿のごろつきどもと同じで、有明屋に雇われた用心棒だ。女将を質のよくない男たち《たち》が取り囲んでいるらしいと聞いて、おっとり刀で駆けつけた」

俊平は、歌舞伎めいた口ぶりで言った。

「なんだとッ」

大黒屋の両脇で、片膝を立てていきがっていた男たちが、いっせいに立ち上がった。

「しゃあしゃあとぬかしやがる。断りもなく部屋に押し入っておきながら、この女の用心棒だと」

「店に入るなり、いきなり妙な男どもが匕首をひけらかして、歓迎してくれた」

俊平が言えば、

「まったくだ。そもそも勝手に他人の店に土足で踏み込んだのは、おまえたちだろう。まっとうな商人が、商売仇の使用人を、いきなり金で頬をはたき、連れ去るとは、商人の仁義もない」

段兵衛が、男たちをぐるりと見まわして言う。

「そのことを、言っているのです」

段兵衛の啖呵《たんか》を、妙春院が引き継いだ。

「商人には、商人の仁義があるんじゃございませんか、大黒屋さん。人攫《ひとさら》い同然に、見ていないところで職人を引き抜いて、そ知らぬふりはありませんぞえ」

「おい、金兵衛」

段兵衛が、妙春院の言葉を引き継いだ。

「おまえ、五十両を形《かた》に、揺すられたんだろう。仕方なく、こっちに移ったというのなら、今度だけは許してやる。金は用意してきてやった。仲間の花火職人もついでに連れもどす。どこにいる」

段兵衛が、紫の袱紗を懐から摑み出して訊いた。

「おれァ、ほんとうに知らねえ。花火の工房は別のところにあるらしい」

「わかった。ならば、大黒屋。おまえに訊く。花火工房はどこだ」

「知らねえな。自分で探しな。だいいち、きっちり給金を取り決めて雇った男たちだ。今さら、元の店に帰すわけにはいかねえぜ」

大黒屋が、太々《ふてぶて》しい顔で凄んでみせると、

「まったく、そのとおりだ。証文まで交わしましたぜ」

番頭風の男が、手文庫から書類の束を取り出してひけらかした。

「冗談じゃないよ。あの花火師はみな、何年も手塩にかけて育てたんだ。十年の年季で働くことになっている。戻さなきゃ、出るところに出るよ」

「ほう、そいつは面白い。奉行所でも、公事方《くじかた》にでも、どこでも好きなところへ出てみることだな。こっちには、幕府のお偉い様が大勢ついていてくださる」

大黒屋亮右衛門が、小袖の裾をたぐって脛を剝き出しにした。

「どうせ、美濃の田舎大名と紀州の小猿だろう」

「なにおッ！」

大黒屋が、眉間《みけん》に赤黒い怒気を溜めて立ち上がった。

俊平の口から飛び出した名に驚いて、妙春院が心配そうに段兵衛を見かえした。

「なに、大丈夫だ、女将さん」

俊平は妙春院を宥《なだ》めると、

「おい、金兵衛。おまえは、こいつからいくらもらった」

段兵衛が、また金兵衛に声をかけた。

「七十両だ」

「大黒屋。ここに百両用意してきた。七十両に足してついでに三十両。くれてやるから、金兵衛は連れて帰るぞ」

段兵衛が、紫の袱紗を大黒屋の前にぽんと投げ出すと、

「いいや。こいつは、こっちのもんだ。返さねえから、そう思え」

「勝手な言い草だね。脅して書かせた証文をひけらかして、雇ったからには戻さないって。許さないよ」

妙春院が、帯の小太刀に手を掛けると、

「おもしれえ。どうしても連れて帰りたいんなら、腕ずくで連れていきな」

大黒屋が匕首を抜き払って前に踏み出すと、法被の男たちが懐をさぐった。

「やめておけ、入り口の男たちのように痛い目にあうぞ。二本差しに匕首でかかっても無駄だ」

俊平が言った。

「性懲《しょうこ》りもなく、おまえたちも同じ目にあうか」

段兵衛が苦笑いして、刀の鐺を押し上げると、

「なに、侍に匕首の遊び人をけしかける気はねえ。おおい、先生」

大黒屋が、背の襖の向こう側に向かって声をあげた。

「今、まいる」

襖がゆっくりと開いて、暗い隣室から着流し姿の男がぬっと姿を現した。

色部又四郎である。

徳利を担いでいる。どこかにぶらぶらと出かけていたらしい。

「先生、どこに行っててらしたんです。こいつら、言いたい放題だったんですぜ」

「柳生か、また会ったな」

「商人の用心棒か。奥先生が泣いておられたぞ」

「主の命《めい》で、この者らの警護している。用心棒などではない」

又四郎はカッとなって俊平を睨みすえた。

「それより先生、こいつは幕府剣術指南役のあの柳生で……」

「まぎれもない。だが、怯《おび》えるな。うだつのあがらぬ部屋住みが柳生に養子で入った。腕はたかがしれている」

「しかし……、上様の御指南役じゃあ」

「それも、恐れることはない。商売で職人を引き抜いただけだ。こちらにはあのお方がついている」

「しかし……」

「やむをえぬな。ならば面倒。ここで、斬り捨てる」

「そんなことをしては……」

大黒屋は、まだ怯えている。

又四郎が赤鞘《あかさや》の太刀を腰に沈め、やおら鐺を上げた。

段兵衛がその背後に、内庭を背にして胴田貫の柄をつかむ。

又四郎が、すばやく刀を鞘走らせた。

と同時に振りかえり、背後の段兵衛に向かって真っ向上段に撃ち込んでいく。

段兵衛が、一瞬早く障子を蹴破り内庭に飛び出した。

玉砂利《たまじやり》を敷きつめた二坪ばかりの小さな内庭である。片隅に苔《こけ》の生えた灯籠《とうろう》と手水鉢《ちようずばち》がある。

それを追って、又四郎も庭に飛び出していく。

俊平が、背後の大黒屋とチンピラを見かえし、又四郎を追って縁側に出た。

妙春院が小太刀を払い、背後に金兵衛をかばって大黒屋とチンピラの前に立ちはだかった。

段兵衛を追って内庭に出た又四郎が、ふたたび刀を撥《は》ね上げ上段にとると、頭上で右手に持ちかえ斜め上段から段兵衛に撃ち込んでいく。

段兵衛はそれをわずかに薙《な》いで受けながし、素早い袈裟懸けの一太刀を又四郎に浴びせた。

とっさにそれを受けとめ、又四郎が後方に飛ぶ。

段兵衛が青ざめた顔で、又四郎を振りかえった。

又四郎の動きが、おそろしく素早い。

「ふむ」

背後の段兵衛と俊平を見かえし、又四郎が唸った。

「こ奴もなかなかやりおる。一人一人なら倒せようが、二人がかりではちと当方に分《ぶ》が悪い」

又四郎が、苦笑いして俊平を見かえした。

「どういうことです。先生」

部屋のなかから、大黒屋が声をかけた。

「今日は、このくらいにしておけということだよ。話は、隣の部屋で聞いていた。この熊のような男が、百両でこ奴を買い戻すというのなら、まあ好きにさせろ。あらかた、有明屋の製法は聞き取ったではないか」

「いや、まだじゅうぶんじゃねえ」

大黒屋が、不満そうに又四郎に向けて言った。

「よいことだ。たかが花火、斬り合って命を遣り取りする話ではない」

俊平が言った。

「おい、どうする。戻れ、有明屋に」

段兵衛が、部屋の隅で小さくなっている金兵衛に声をかけた。

「あたしは、許してやるよ。だけど、金兵衛。おまえ、もう二度と博打をするんじゃないよ」

「すまねえ、お姫さま」

「お姫さま……？」

大黒屋が、怪訝そうに妙春院を見かえした。

「人の素性《すじょう》はわからぬものだよ。こちらの女将が姫さまだそうだ。ならば、大黒屋のおぬしの素性は、さしずめ飛騨の落ち武者といったところか」

「なんだと！」

大黒屋が血相を変えて俊平をあらためて見かえしている。

「隠しても、いずれわかることだ。次は、匿《かくま》った花火師を全て返してもらう」

俊平が、妙春院と段兵衛に目くばせして刀を納めた。

「柳生、ここは退くが、いずれこの決着は剣にてつける」

「いつでもお相手をしよう。道場に来い」

「いや、勝負は真剣だ」

「……………」

俊平は、又四郎を振りかえることなく、金兵衛の肩をとって帰りを促した。

大黒屋が、いまいましげに番頭の差し出した金兵衛の受け証を妙春院にたたきつけた。

四

店を出れば、もうとっくに夕闇が下りてしまっている。

ぶら提灯を掲げた酔客が一人、店の前を千鳥足《ちどりあし》で歩き去っていったが、通りには他に人影はない。

「この辺り、夜ともなると、意外に人通りが少ないの」

段兵衛が言った。

「小名木川には舟もない」

「大川まで、そぞろ歩くよりあるまいの」

俊平が言えば、妙春院が寄り添ってくる。金兵衛は申しわけなさそうに三人の後を数歩隔てて追ってくる。

さいわい、月が明るい。

妙春院が、俊平に寄り添って、段兵衛の腕も取る。

「お二人がいらっしゃらなければ、危ないところでございました」

月光を受けて、妙春院は修羅場《しゅらば》を経たわりには妙に明るい。

「いやいや、あれだけの荒くれどもをたたきのめし、這いつくばらせたのだ。大したものです」

「でも、あの又四郎に初めに出会わなくてようございました」

「うむ、奴は手強《てごわ》い、お気をつけなされ」

俊平は、段兵衛を背後から斬りつけた一太刀を思い出した。

刀を左手に持ちかえ、刀身を長くして斬りかかる。とっさに間合いをあやまりそうである。

「危ない剣だ」

段兵衛も同じことを言った。

柳並木の土手路が、月の光に白く浮かびあがっている。

俊平は後を振りかえり、ついてくる金兵衛に並びかけた。

「大黒屋では、どうだったのだ」

「さんざん酒を飲まされて、旨いものを食わされて、大黒屋にねほりはほり花火の製法を訊ねられた」

「やつの関心はそこか」

「ああ」

「金さん、教えちゃったのかい」

ふり向いて、妙春院が声をかけた。

「姫さま、教えはしましたが、嘘を言いました」

「おい、どういうことだ」

段兵衛が、金兵衛に並びかけて訊いた。

「火薬は配合が命だ。硝石が七十五、硫黄が十五、木炭が十でございますな」

「そうだったねえ」

妙春院が金兵衛にうなずいた。

「そこを、おれは硝石を七十五硫黄を十、木炭を十五と教えてやった。すると大黒屋は、うちとずいぶんちがうと驚いてやがった」

「あそこは、どんな配合だったんだい」

「硝石が六十五、硫黄が二十、木炭が十五だったよ。それじゃ、高さは出るだろうが、横に広がって、パッと花が咲くような花火はつくれないねえ」

「そうだね。でも、金さん。それでもその配合は、少しうちに近づくよ」

「なあに、うちにゃ、勝てませんよ。引き抜かれた連中は、まだ金欲しさで動いた腰抜けばかりで、腹の据わった者はそれほど混じっちゃいねえ。へへ、あっしも動いちまったんで、偉そうなことは言えませんがね」

金兵衛は首を撫でてから、

「もうこれ以上、引き抜かれないようにしねえと」

「柳河藩も、腹を括ったようだ。もう少し金を出すつもりがあるらしい」

段兵衛が、兄貫長から聞いてきた話を妙春院に披露した。

「ありがたいことです。兄上には、感謝をしております」

妙春院がそう言うと、後方でいきなり狼煙花火が上がった。

さっき出てきた大黒屋の辺りである。

「なんでしょう」

「狼煙だ。何処かに、なにかを報せたのかもしれぬな」

俊平がそう言って掘割の川面に映る月影に目をやったとき、前方で黒い影が動いたような気がした。

　と、前方柳の木陰から、何者かが弾かれたように飛び出して、低い態勢のままこちらに颶風《ぐふう》のように急迫してくる。その姿は、夜陰に沈んでとらえられないが、枯れ草色の忍び装束に身を包んでいる。

　その数五人――。

「段兵衛――！」

　俊平がそう叫んだ時、いきなり川面が揺れ、碇泊《ていはく》していた大筏《おおいかだ》が動き出した。

　黒影が、いくつかその上で蠢いている。

「伏せろ！」

　俊平が叫んだ。

　数本の矢が、土手の上の四人に向かって射かけられる。

　そのひとつを大刀でたたき落とし、俊平が金兵衛をかばう。

　段兵衛は、前方の敵に向かっている。

　俊平の背後で、土手から駆け上がってきた数人の忍びが段兵衛と妙春院に迫っていた。

　二人がすばやく抜刀し、迎え撃っている。

夜陰に刃の打ちあう金属音が鳴り響いた。

俊平を急迫した人影がとり囲んでいる。

囲んだ人影が上下に弾けたように別れ、上に跳んだ者が、俊平の後ろの頭上から大鳥のように舞い降りてくる。地に伏せた者は、足元を大きな黒蜘蛛《くろくも》のように這い回り、じわじわと迫り寄る。

地を這う者も、頭上の者も覆面《ふくめん》で顔を覆っているが、奇妙なことに背面にも顔を持っている。

俊平も、さすがに気圧《けお》されて後ずさりした。

だが、そう見えたのは錯覚で、それは人の面であった。

俊平は、一文字にかいくぐると、前方の忍びの間を振りかえってほとんど同時に着地し、向きを変えて三人の忍びの胴を抜き、足元すれすれに伸びてくる刃を高く跳んで躱《かわ》すと、起き上がって撃ち込んでくる男たちを、袈裟に斬り倒した。

残った一人が、ぎょっとしたまま動けずにいる。

「段兵衛、大丈夫か」

振りかえって三人を見かえせば、すでに戦闘は終わっていた。

その隙を見て、残った男が逃げ去っていった。

「初めて見たぞ。タイ捨流の凄技。わしが二人を倒した間に、妙春院どのは三人を倒した。凄《すさ》まじい」

呆れたように、段兵衛が妙春院を見かえした。

「それは、ぜひ見たかったな」

「なに、お恥ずかしいかぎりの荒技」

妙春院がそう言って小太刀の血糊《ちのり》を払うと、凍りついたように三人の闘いを見ていた金兵衛が、ようやく恐々《こわごわ》と柳の木陰から姿を現した。

第四章　雲の上の城

一

――ちと、お頼みしたきことがござります。ご多忙とは存ずるが、できれば本夕、深川の料理茶屋蓬萊屋まで足を運ばれたし。

小者を使い、そう遠慮がちに書いてよこした剣の師奥伝兵衛の招きを受け、俊平がその日の夕刻蓬萊屋の暖簾を潜ってみると、馴染みの番頭が、

――先生なら、もうとっくにお越しですよ。

と、愛想よく俊平を迎えた。

急ぎ、二階奥の間《ま》に師を訪ねてみると、店もすっかり顔馴染みとなった伝兵衛は、芸者衆も呼ばず、小部屋でひっそりと盃を傾けていた。

小ぶりの酒膳が、背の丸くなった老師の膝元に置かれている。

「俊平、ここの下《くだ》り酒は旨いの。京伏見《ふしみ》の酒は、尾張を素通りして、みな江戸に運ばれておるようじゃ」

伝兵衛は、盃を離さず笑顔を浮かべながらこぼした。

さっそく店の女将がやってきて、芸子を呼びましょうかと訊ねたが、

——いや、今日はやめておく。

と、俊平は手を振った。

師の頼みというのが気になる。

俊平のぶんの酒膳が運ばれてくる。伝兵衛が、さっそく俊平にも酒器の酒を勧めて言うには、

——主《あるじ》のわがままに、ちと手を焼いておってな。

ということだそうである。

だが、あまり深刻そうな口ぶりでもなく、盃を片手にほろ苦そうな笑いを浮かべて言うばかりであった。

尾張藩主徳川宗春は、このところ腰痛だそうで、剣の稽古のたびに伝兵衛にしきりにそのことをこぼすので、伝兵衛はつい気軽に、

——伊茶姫のびわ葉治療は、なかなか効果がございました。

などと口を滑らせたところ、

——ぜひとも、その治療を頼みたいものじゃ。

と言う。

れっきとした大名家の姫ゆえ、他にびわの治療師を探すよう伝兵衛は進言したが、

——いや、そちを見ておると、その姫の施術が格別効きそうじゃ。ぜひにも頼みたい。

と言ってきかないらしい。

宗春の腰痛は伝兵衛よりも深刻で、藩医が漢方薬の効能をあげつらね、もう三月《みつき》もつづけているのに、あまりよい兆《きざ》しが見えないという。

そこで、俊平を通して、宗春の願いをぜひとも姫に伝えてはもらえないかということになったらしい。

「大名家の姫君に、腰痛治療はさすがに失礼ではないか、と思うのじゃがの」

伝兵衛は、不安そうに俊平をうかがい見た。

「なに、姫は病に苦しむ者なら、たとえ尾張の殿様であろうと、町火消しの纏持《まといも》ちであろうと、喜んで施療してくだされましょう。そのようなお方です」

と師に伝えると、伝兵衛は、これで肩の荷が下りた、と天にも昇る喜びようである。

安堵したのか、師の酒がすすむ。

「そんなことより、ご師範。附家老竹腰正武めが、なにゆえ薬種問屋の大黒屋と結んでおるのか、おぼろげながら全容が見えてまいりましたぞ」

俊平は、話題を変えて朱塗りの酒器を伝兵衛に向けた。

「ほう」

伝兵衛は、明るい目となって盃をさらに重ねた。

このところしきりに尾張藩に大黒屋からの火薬の購入を勧める附家老竹腰正武の行動が伝兵衛にはひどくうとましく、不審の思いを深めていたらしい。

大黒屋の火薬は、火力が強く、高く上がる、伊達藩など外様諸藩がこぞって買い求め、そうした大名家の花火は、江戸でもすこぶる人気が高い、等々と勧めるらしいが、

――まるで商人の大番頭さながらで、じつに不快じゃ。

と、主宗春も唾棄《だき》しているという。

あまりに執拗《しつよう》なため、宗春も附家老竹腰の裏に将軍家の策謀ありやと見て警戒し、なかなか手を出そうとしなかったが、近頃その執念に根負けし、

――やむをえぬ、こたび試みに少量仕入れてみるか。

と、側近に告げるようになったという。

その話を俊平はひとしきり聞いて、

「それは、まずうございますぞ」

眉を歪め、あらためて奥伝兵衛を見かえした。

「やはりそうか」

「数日前のこと、引き抜かれた有明屋の花火師を大黒屋に奪いかえしにまいりました。その折、奇妙なものを見かけました」

「ほう、なんじゃ」

「暖簾にも、家の飾りつけにも、菊水の定紋が数多く見られたのでございます」

「菊水の紋か。はて」

「商人の店の紋にしては品格のあるもので、武家の家紋かと後で調べましたところ、かつて飛騨白川郷を治めていた土豪内ヶ島家の紋であることがわかりました。

「内ヶ島……。されば、あの、帰雲城伝説の内ヶ島じゃの」

伝兵衛の双眸が好奇心に輝いた。

「はい。大黒屋が天正の頃大地震で城とともに滅んだ内ヶ島氏の末裔《まつえい》であれば、竹腰正武、あるいはその背後にある勢力が、なにゆえ熱心に大黒屋に接近しておるのか推測が立ちまする。一夜にして地中に消えたというかの地の帰雲城には、莫大な金銀が蓄えられていたとのこと。さらに付近には金山、銀山もあったそうにございます。大黒屋がその内ヶ島氏の末裔なれば」

「ふうむ。もし大黒屋がかの内ヶ島氏の末裔であれば、たしかに話としては面白い。夏の夜の夢物語としては相応《ふさわ》しい話題じゃ。じゃがの、俊平。残念ながら、わしの見るところこれはちとちがう」

「と、申されますと」

「世にいう帰雲城伝説じゃが、半ばは真実であろう。帰雲城の城主とその家臣、金銀財宝のこと、今もしっかりと史書に残っておる。けっして伝説の類《たぐい》とはちがう。じゃが、記録もなく、誰も知らぬことなれば、なんとでも言えよう。大黒屋が内ヶ島氏の末裔、などという記録はない。根も葉もない眉唾《まゆつば》ものじゃ」

「はて、しかし、そう断じられますには……」

「早計《そうけい》と申すか。だが、訳《わけ》はある」

師伝兵衛はにやりと笑って、

「わしの弟子に、内ヶ島氏の末裔がおるのじゃよ」

盃を置き、伝兵衛は含むように笑って、俊平を見かえした。

「はて、まこととも思われませぬ……」

「この帰雲城伝説、わしの聞いたかぎりのことを、これより話そう。この話、わしはその門弟からたびたび聞かされてきたゆえ、今でもよう憶えておるのじゃ」

「ぜひ、お聞きしとうございます」

「まずは内ヶ島氏の素性じゃ。そも内ヶ島氏は、古代の豪族 橘《たちばな》氏の末とも楠木正《くすのきまさ》成《しげ》の末とも言われておる名族であったらしい」

「あの、建武《けんむ》の頃、朝廷を助けたという楠木正成でございますか」

「うむ。その門弟は自信をもってそう申しておったゆえ、まったくの偽りとも思えぬ。乱世となって鉱山経営で財を成し、飛騨の地に本城の帰雲城の他、多くの支城をもつ大名に成長したという」

「驚きました。お詳しうございますな」

「そなたの知る話とも、重なるかもしれぬが、まあ聞くがよい。内ヶ島氏は、周辺の大名とあい争いながら急成長したが、しょせんは国人《こくじん》どうしの小競《こぜ》りあい。新たに天下人として急成長した豊臣秀吉ら大勢力の前には、抗《あらが》うすべもない。越中の佐々成政に与《くみ》して戦ったが、秀吉の家臣金森長近《かなもりながちか》の押し寄せる大軍勢に大敗し、さいわい本領《が》は安堵されたが、それも束の間、世にいう天正の大地震によって、城は一夜にして瓦解《かい》し、一族は姿を消してしもうた。山が丸ごと大きく崩落したために、城も一気に崩れたらしい。大量の土砂が人も城も呑み込み、城のあったあたりは大きな湖となったという。そして、帰雲城の黄金伝説だけが残った」

「なんとも、哀れな話でございます……」

「金銀財宝の埋蔵金伝説だけが残った。そして、そもそも内ヶ島氏を白川郷に送り込んだ足利幕府は、内ヶ島氏による金山銀山開発を期待してのことという。たしかに、内ヶ島氏がかの地に入って後、金山が二つ三つ発見された。また、一説には内ヶ島氏の居城には、一時大量の金が密かに貯め込まれていたともいう」

伝兵衛は、盃の手を休めて聞き入る俊平を見かえし、にやりと笑った。

「面白かろう。わしもこの話を聞いた時には、さすがに血潮が熱く騒いだものだ。宮仕えをやめ、宝探しに賭けようかとさえ思った。だがわしはやはり現実家でな、調べれば調べるほど、発掘の手立てもない夢物語と思うようになった。それだけ大地が崩れてしまえば、帰雲城も、金銀の鉱山も、見つかるはずはない」

「さようでございましょうな」

「門弟は、その後の内ヶ島氏の詳しい話をしてくれた」

「門弟とは、どなたでござる」

「山下氏勝《やましたうじかつ》という内ヶ島一族の者の末で、山下氏典《うじのり》と申す者じゃ。氏勝は清洲《きよす》にあった我が藩祖徳川義直《よしなお》公の傅役《もりやく》で、神君家康《いえやす》公のご側室お亀《かめ》の方《かた》の妹である志水加賀守《しみずかがのかみ》宗清《むねきよ》の娘を妻に貰うている」

「徳川一門に深くかかわりを持ったのでございますな」

「氏勝は有能な人での、名古屋城の築城にも深くかかわり、また清洲越しを献策した」

「清洲越し……？」

「名古屋城の築城とともに、町を清洲から名古屋に移転させる計画をそう呼んでおった。そして、この氏勝の末裔が、わしの門弟の山下氏典というわけじゃ」

「数奇《すうき》なご縁でございますな」

「わが殿は、あのように気宇壮大《きうそうだい》なお方ゆえ、こうした話はお好きでな。何かの折にこの話をお伝えしたところ、なんと、殿はわし以上にお詳しかったぞ。わしの知らぬ帰雲城滅亡の物語をとうとうとお話しくだされた」

「たしかに、同じ内ヶ島一族といえど、伝え聞く山下氏勝と大黒屋ではずいぶん人物がちがいまするな」

俊平は、苦笑いして伝兵衛を見かえした。

「殿は、かつて人を送って帰雲城のことを、二年がかりでお調べになられたことがあったと申された。それによると、泉州堺《せんしゅうさかい》近くの古寺に、当時寺の住職が付けていた日記が残っていたそうで、その日記からいろいろなことが判明した」

「面白うございますな」

俊平は盃を置いて、伝兵衛を見かえした。

「いやはや、このような千年に一度、万年に一度の天変地異が、現実に起こるものなのじゃの。その大地震によって大きな山ひとつが丸ごと崩落し、川が塞《せ》き止められ大洪水となって湖ができたこと、城の一族は城主内ヶ島氏理《うじまさ》以下みな死に絶え、村々が忽然《こつぜん》と消えた。他国から戻ってきた者もどこに城があり、集落があったかさえわからないありさまであった。そうしたことが、つぶさに記されていたのじゃ。殿は、この日記に記されたことを確かめるべく、忍び衆の御土居下《おどいした》衆《しゅう》を放ち、飛驒白川郷に深々と潜入させ、いろいろお調べになったとも申された」

「はて、なにゆえ宗春様がそこまでのことを」

「殿は夢多きお方、よほど帰雲城伝説にこころ惹《ひ》かれたのであろう。だが、それによって様々なことが判明した」

「ぜひにも、お聞かせ願いたい」

「どうも大黒屋は、薬種問屋として江戸に出る以前は、白川郷の川尻《かわじり》という土豪で、たまたま大地震の日の宴会に呼ばれなかったため、死を免れた。後《のち》に金森氏に従っていたが帰農したという」

「川尻――」

「城の在り処《あか》さえわからぬ今、また、金山銀山の所在も知る手立てのない今、金銀財宝の所在を知ったかのように吹聴《ふいちょう》し、欲の皮の張った者どもを集めて、何をしようとしているのかわからぬが、いずれにしても大黒屋は内ヶ島の末裔であろうはずもなく、喰わせ者にちがいないと殿は仰せじゃ」

「なるほど、もっともな話」

俊平は、師の語る藩主徳川宗春の推理が、しごく道理にかなったものと感心した。

「まだまだ調べれば面白いことがわかってこよう。おそらく、そなたらに襲いかかった忍び集団は、土豪川尻が代々子飼いにしてきた飛騨の修験者《しゆげんしや》崩れであろう」

「飛騨の山中には、そのような忍びがいまだに生息しておりましたか」

「人跡まれな地。なにが出てきても不思議はない。いずれにしても、竹腰正武とその背後に控える黒幕殿も、欲の皮をつっ張らせ、まんまと大黒屋に乗せられ、大金をまきあげられるのであろうよ」

「はは、それは愉快でございますな」

俊平は、伝兵衛と顔を見あわせて笑った。

「とまれ――」

伝兵衛は、また俊平を振りかえり、

「伊茶姫のこと、よろしくお頼みする。それと我が殿は、そなたを大いに評価しておられる」

「これは、思いがけないことでございます」

俊平はなんともありがたきことと胸を熱くした。

「また、ぜひ会いたいと申されておった。吉宗公の失策を、そなたが補い、善政に貢献するはたらきをみせておること、殿はまことにあっぱれと申されておる。真っ向対立しておるとはいえ、わが殿は吉宗公の政《まつりごと》の良いところは良い、悪いところは悪い、と正しく評価されておられる。久々に、爽《さわ》やかな若き藩主に会うた、陰ながら応援したいとまで申されておられる。上屋敷を訪ねるのは、幕府の厳しき目があるゆえなにかと障《さわ》りもあろう、いずれ泉屋《いずみや》で会いたいと申されておられたぞ」

「それは光栄至極。されば、伊茶殿の治療の後、同席させていただきまする。その折――」

俊平は、にやりと笑って師を見た。

「なんじゃ、俊平」

「ぜひ一人、面白い女人を宗春公にご紹介しとうございます」

「はて、誰であろう」

「伊茶姫と同じ大名家の姫御にして、今は市井《しせい》に生き、商売をなされておるお方にございます。一度お会いすれば、尾張公もきっとお気に召されましょう」

「それは面白い。ぜひ連れてまいられよ。尾張藩は代々市井の話が大好きで、下屋敷に小田原《おだわら》の町をそっくり真似た町並みをお造りになられておるほどじゃ」

「はて、それはまことでございますか」

「まこともまこと。三代将軍家光《いえみつ》公がお渡りになられたこともある」

伝兵衛は、これはぜひ伝えたいと膝を乗り出した。

伝兵衛によれば、尾張藩の下屋敷はいくつかあるが、そのうちでもことに広大な敷地を有する戸山《とやま》の屋敷には、面白い趣向がなされているという。

なんと、敷地内に箱庭を築いたというのである。

さらに庭園には、宿場町がひとつそっくり造られ〈小田原宿〉と呼ばれているという。

　これを造ったのは尾張藩二代藩主光友《みつとも》公で、寛文《かんぶん》九年（一六六九）から造営が始まり、宗春公の今は御亭や御茶室など、百七カ所を数えるほどという。

「そのようなものがあるとは、つゆほども知りませんでした」

　俊平は呆気《あっけ》にとられて、伝兵衛を見かえした。

「いや、わしは今年も花見の園遊会に出たが、わしの同僚など、下屋敷を訪れ、見るだけではもったいないと、はな紙の端に見聞したものを書き記し、書物にする準備を始めておる」

「その箱根山《はこねやま》近くの小田原宿は、なにゆえ築かれたのでございまする」

「みなで町人を装い、遊ぶためじゃよ。町屋だけで、七、八町はつづいておる。いろいろ物売りの店もある。茶屋もある。本陣の宿らしきものもある。なんとも大した趣向じゃ。尾張藩はこのような遊びの伝統があって、今日の宗春公のようなお方も生まれたのであろうよ。ところで」

　伝兵衛は俊平をうかがい、

「さきほどの姫御の話じゃが、そなたの兵法、読めたぞ」

　伝兵衛はにやりと笑ってから、愛用の差料《さしりょう》をつかみ、やおら立ち上がろうとして、ふと俊平を振りかえった。

「忘れておった。又四郎のことじゃ、その後、あ奴と出会うたか」

「いえ、いまだ……」

俊平は、伝兵衛をうかがい、顔を伏せた。

老いた剣の師に、又四郎と争ったことはとても伝えられない。俊平も又四郎も伝兵衛の弟子、いずれかが命を落とせば、その悲しみに堪えることはとてもできまい。

「わしには、何の助言もできぬが……」

伝兵衛は、ふたたび坐りなおすと、しっかりと俊平を見つめて低く吐息をもらした。

俊平が、虚言を弄したことには、とうに気づいているらしい。

「あやつには久しく会うておらぬゆえ、今はどのような剣を遣うか想像もつかぬ。じゃが、わしの見るところ、あやつの剣は、すでに邪剣に堕《だ》しておろう。ひたすら巧緻《こうち》な技を求め、相手を幻惑する剣となっておるはずじゃ。隠し剣を繰り出してくるやもしれぬ。注意いたせ」

「ご師範からのご助言、無上のものとお聞きいたしました。ご指導、ありがとうございます」

俊平は、膝を正し、深く平伏した。

「剣はまさに、同じ新陰流をそのまま写したように思える各新陰流も、今はそれぞれ大きく別れております。疋田《ひきた》陰流、奥山《おくやま》新陰流、丸目蔵人《まるめくらんど》のタイ捨流等、予期せぬ新陰流もございましょう」

「そも、上泉信綱の新陰流は愛洲移香斎《あいすいこうさい》の陰流から学んだものだ。それゆえか、今に残る丸目蔵人のタイ捨流には、忍び技が多く採り入れられ、肥後《ひご》の藩には忍びが今も健在という。元祖新陰流の予期せぬ動きには注意いたせよ。いずれにしても、そなたは柳生新陰流を信じて立ち合うよりあるまい。手塩にかけた愛弟子《まなでし》同士、斬り合いなどして欲しくはないものよ」

伝兵衛は、ふたたび顔を曇らせ、盃に残った酒を飲み干すと、

「帰らねばならぬ。それにしても、今宵もまたそなたと語り合えて楽しかった。又四郎のこと、くれぐれも勝負は避けるのじゃぞ」

伝兵衛は、念を押して立ち上がった。

「わかっております」

俊平も、師とともに立ち上がった。

師の心づかいをありがたく思いつつも、又四郎との対決は避けがたいものと俊平はあらためて予感するのであった。

二

「俊平さま、尾張公がお越しくださるよう申されておられます」

　泉屋の女将が、伊茶姫のびわ葉治療中の宗春を待つ俊平に声をかけてきた。

　この日俊平は、幕府の目を配慮し、目立たぬよう芝居帰りを装った気軽な着流し姿で訪ねてきたが、むろん尾張公には中村座の役者ではなく、柳生藩主としてご挨拶にうかがったと告げている。

　俊平は紋服に威儀《いぎ》を正した隣の妙春院に、

「されば、まいりましょうか」

　と誘いかけた。

　この日、妙春院を誘ったのは、尾張藩に有明屋の花火用の火薬を勧めるためで、妙春院も御三家筆頭尾張藩主徳川宗春に火薬を売り込むとあってさすがに緊張している。

　俊平が妙春院をひき連れ、隣室に顔を出すと、

「おお、ようまいられたの」

　びわ葉治療で見ちがえるほど顔色のよくなった宗春が、延べた床《とこ》にどかりと大胡座

をかいたまま、すぐ脇で微笑む伊茶姫、奥伝兵衛とともに、俊平と妙春院を迎えた。

すでに伊茶姫から話は伝え聞いているらしく、宗春は俊平の背後に遠慮がちに控える妙春院にも構えたところはいっさい見せず、

「ささ、姫もこちらにまいられよ」

と声をかける。

妙春院がかしこまってその場に控え、深々と平伏すると、

「なんの、堅苦しいことはなされるな。近う、近う」

と急ぎ手招きした。

「されば、失礼いたします」

妙春院は俊平の後について遠慮がちに前に進んだ。

「いやあ、驚いたぞ、妙春院どの。常日頃から、健康には人いちばい気を使っておるつもりであったが、このような不可思議な治療法は初めて知った。早う知っておれば、苦しまずにすんだものだと後悔しきりじゃ。まこと、これまでの年月が惜しい」

「びわの葉の治療は、奈良《なら》の昔の施薬院《せやくいん》にもあったと申します。大変よく効く治療法でございます」

伊茶姫が、にこやかに応ずる。

ちなみに、この施薬院は記録にも残っている。

奈良の施薬院は、天平《てんぴょう》二年（七三〇）光明《こうみょう》皇后《こうごう》が開設した貧者や病人のための施療施設であったが、その施薬院で中心的な治療であったのが、このびわ葉療法であった。

そのびわ葉治療は、当時の施術の記録は残っていないが、伊茶姫のものはびわの葉を数枚手にとって火に炙《あぶ》り、手で擦ってから、患部に擦りつけるというものである。

「いやはや、これほど気持ちよいものが他にあろうか。ざっと十歳は若がえった」

感激屋の宗春は、大袈裟にそう言って伊茶姫の手を握りしめた。

「尾張さまは、お元気なことで天下にお名を轟かせておられます。これ以上活発になられては、将軍さまもさぞやお困りでございましょう」

妙春院が、戯れ言を挟んで微笑むと、

「はは、まことじゃの。さらに、こちらに」

宗春は、手をとるばかりに妙春院を呼び寄せた。

「我らは、みな上様の家臣。御三家とて、同じ諸国の大名のひとつにすぎぬ。まずは、飾らずおつきあいいただきたい」

宗春は、ちらと俊平を見て笑いかけ、皮肉交じりにそう言うと、

「もったいないお言葉、わが柳河藩立花家は、藩祖立花宗茂が徳川様のお情けにより大名に復帰することができました。江戸に足を向けて眠れぬと、家臣一同常々申しております」

妙春院も宗春の人柄に馴染《なじ》んできたか、しだいになめらかな口調で言う。

「まこと、妙春院どのには立花家代々の豪傑の血が混じっておられるようじゃ。ご先祖の立花道雪殿は、天下に轟く豪傑であった。日々の米の相場に心を砕く小心者とはちがっておったぞ」

「まあ、そのような。尾張さまのような大藩が、羨ましうございます。わたくしどものような筑後《ちくご》の小藩は、いずこも台所事情が苦しく、このわたくしも夫を弔《とむら》う暇もなく、仏門から飛び出して、藩の窮乏を救うべく商人を始めております」

「さすがに、噂にたがわぬお方じゃ。伊茶殿も大した女人と感心したところであったが、またまたもう一人女傑が現れた。して、女傑どのは何を売っておられる？」

「花火でございます」

「ほう、花火か。それは面白い。我が藩でも、花火を打ち上げておる」

「承知しております。世間では、〈御三家花火〉などと称し、打ち上げの時を愉しみとする者も大勢おりまする。ことに尾張さまのものは見事なものでございます」

「まことか、妙春院殿」

宗春は大喜びし、こんどは二人の話に耳を傾ける俊平に顔を向けた。

俊平をよほど気の置けない相手と心得ているらしく、宗春は年来の友のように久しげな口ぶりで俊平に接してくる。

「まことも、まことにございます。尾張の花火はご藩主のお人柄そのものと」

店の女が淹れてきた茶を、藩士が俊平と妙春院の膝元にすすめる。

俊平はそれを口に運びながら、おおらかに応じた。

「それがしも、このところ連夜のように藩邸を抜け出し、花火見物に興じておりまするが、大名花火では尾張様と伊達様が双璧《そうへき》でございましょう」

「なんとも、嬉しいことを言うてくれる。派手好きの伊達に負けておるのはちと悔しい」

「妙春院どのの柳河藩の大名花火も、なかなかのものと聞きおよびまする。長州《ちょうしゅう》や肥後あたりから、わざわざ見物に来る者もあるとか。極めて高く上がるそうにございます」

「それは、初めて耳にしたぞ。柳河藩がの」

宗春は輿に乗って、さらに膝を乗り出してくる。

「おそらく、立花道雪の鉄砲術の伝統が残っておるのでございましょう」

俊平が、そう言って妙春院とうなずきあった。

「じつは、火薬には最適の調合比率がございます」

妙春院が、そう言って胸を張った。

「硝石が七十五、硫黄が十五、木炭が……、あ、これは。これ以上お話ししてしまっては、商売になりませぬ」

妙春院が、口を押さえると、

「姫、全体が百なれば、差し引きすれば、木炭の比率は出てしまうぞ」

宗春は、からからと笑ってから、あらためて妙春院を見かえし、

「それにしても、面白いお方じゃの。そなたは、まことの女傑と見た。これはもう、柳河藩の救世主となろう。それに姫っぷりも、あっぱれ。尾張藩のためにも骨を折っていただきたいほどじゃ」

宗春は、また屈託なく笑ってから、

「されば、我が藩の花火の火薬、妙春院のところからも仕入れるといたそう」

宗春は、背後に控える用人に手をあげて指図をした。

妙春院は満面に笑みを浮かべ、宗春に深々と平伏した。

「話は逸れまするが、こちらの妙春院どの、我らの同門といえる流派を継いでおられます」

俊平が、あらためて妙春院を見かえし言った。

「ほう、それはどういうことじゃ」

「新陰流の流祖上泉信綱は、後継者として東は柳生石舟斎、西は丸目蔵人のタイ捨流を指名されました」

「うむ、知っておる」

「妙春院どのは、そのタイ捨流の免許皆伝を得ておられます」

黙然と壁際に侍《はべ》っていた奥伝兵衛が、俊平の言葉を補うべく初めて横から口を挟んだ。

「ほう、妙春院どのはタイ捨流を修めておられたか」

宗春は、伝兵衛を見かえし、目を輝かせて声をあげた。

と、用人らしい老臣が、宗春の耳元で何かを告げると、宗春はうむうむとうなずいた。

どうやら家臣が広間で主を待ちわびているらしい。

「いずれ、柳生殿もまじえてゆるりと剣談を愉しみたいもの。その折には当藩にお越しくだされよ」

「ぜひにも。どうか、今後ともご贔屓《ひいき》くださりませ」

妙春院が、またあらためて平伏した。

「おお、商売も熱心じゃの。そうじゃ、お近づきのしるしに、妙春院どのによいことを教えてさしあげよう」

宗春が妙春院を手招きして呼び寄せると、

「はて、なんでございましょう」

妙春院が、遠慮なく宗春の膝元まで近づいた。

「そなたの店と同じ、鍵屋の卸し業者である大黒屋じゃがの」

「はい、大黒屋がいかがいたしました」

妙春院が、真顔になって宗春を見かえした。

どうやら宗春は、伝兵衛から聞いたのか大黒屋と有明屋の争いまで知っているらしい。

「あれは、じつに悪い奴じゃ」

「さようで、ございましょうか……」

「大黒屋は、我が藩の附家老竹腰正武めと結びつき、しきりに当藩に火薬を売り込みにまいる。その結託ぶりが不快ゆえ、ちと調べた」

俊平が師奥伝兵衛を見かえすと、下を向いて笑っている。

「歴史に詳しい坊主に調べさせたが、大黒屋は元をただせば川尻という飛騨の土豪、そやつ、内ヶ島の家臣でありながら、裏切り者であった」

「まあ、裏切り者で」

妙春院が、思わず声をあげた。

「さよう。裏切り者の土豪の末よ。金欲しさに商人に転じたが、そのやり口を見ても、信ずるに足らぬ男であることがようわかった。そして、主を裏切る者は竹腰めも同じじゃ」

宗春が苦々しげに舌打ちし、膝を打つと、奥伝兵衛が、

「殿――」

と、小声でたしなめた。

幕府の附家老は煙たいが、正面から悪しざまに言うことは控えたいらしい。

「されば花火と悪党の話はこれくらいにして、別室にてみなとともに芝居談議を愉しもう。家臣も首を長くして待っておるようじゃ。姫さまもご同席いただけような」

宗春が念を押すと、妙春院も伊茶姫も顔を見あわせてうなずいた。

「まこと、今日はよい日じゃ」

宗春は嬉しそうに立ち上がり、伊茶と妙春院の二人を抱き寄せ、その肩に両腕を回すとぐらりと揺れて歩きだした。

三

芝居茶屋での伊茶、妙春院をまじえての賑やかな宴があって三日ほど経った日、俊平はぶらりと大川岸の有明屋を訪ねた。

まだ八つ半（午後三時）で、夏の太陽が西空に高い。

汗を拭って入り口の格子戸を開けたとたん、玉十郎がいきなり青い顔をして向こうから顔を突き出した。

「柳生様、大変でございます」

「なんだ、藪《やぶ》から棒《ぼう》に」

このところ、すっかり妙春院の付き人が板についてきた玉十郎だが、その女形らしいやさしい顔が、かなり殺気だっているところをみると、只事でないことはすぐにわかった。

「もそっと、ゆっくり話してくれぬか」

「へい、じつは殺《や》られたんで」

「誰がだ――」

「うちの花火師で。それも二人もでさあ」

「それは只事ではない」

玉十郎の話では、弦八《げんぱち》、藤次《とうじ》の二人の花火師が、小腹が空いたと連れだって煮売り屋に飯を食いに行ったきり帰って来ず、今朝になって背中からばっさりと斬られて大川の岸辺に土左衛門《どざえもん》となって浮かんでいると奉行所から報せがあったという。

「それはひどい。妙春院どのは」

「斬り口からみて、相当の遣い手だろうとおっしゃいまして。薙刀をひっ摑んで出ていかれました」

「それは、穏やかではない。たった一人でか」

「へい」

「おまえは付き人だろう。なぜ、付いていかぬ」

「それが……。側にいては、かえっておまえの身がとおっしゃって」

俊平は軽く舌打ちして、もう一度玉十郎の腕を摑んだ。

「それで、いつのことだ」

「四半刻（三十分）ほど前のことで」

「店の者は、どうしている」

「鍵屋からのやいのやいのの催促で、みな、工房で寝ずの仕事で。人手が足りないところに、尾張様からの仕事も入っちまって」

「許せぬ所業。大黒屋の仕業であろう。尾張藩から火薬づくりの依頼がこちらにまわった意趣返《いしゅがえ》しかもしれぬ。妙春院どのは、どこに行かれたのであろう」

「大黒屋に殴り込むんですか、と訊いたら、証拠がなければ、いくらでも言い逃れられる。まずは、現場に行って証拠を見つけてくると」

「現場とは」

「ここから北に数町行った、桜堤《さくらづつみ》の土手だそうで」

桜堤とは、数年前、将軍吉宗が大川沿いの堤に植えさせた桜並木で、毎年春ともなれば花見客で賑わうようになっている。

この季節は、花火見物の客で夜もごったがえしている。そんなところで、夜分とはいえ人殺しができるはずもない。二人は、上流で斬られて流れ着いたのであろう。

「段兵衛は――」

「今日は、まだ姿が見えません」

「まあ、いい。玉十郎、ついて来い」

俊平は、尻込みする玉十郎の肩をたたいて、不安げに見守る花火師たちの視線を背に有明屋を飛び出した。

大川の桜堤はこの季節、夜は花火で賑わうものの、日差しの強い真昼は人通りも少ない。陽はようやく西に傾きはじめ、日差しはいくぶん弱くなってきたものの、むせかえるような暑さは相変わらずだ。

「こういう時は、白玉が欲しうございますね。たしかこの辺りに屋台が出ていたんだが」

玉十郎が、首に回した手拭いで汗を拭いながら言った。

「なにを呑気《のんき》なことを言っている。妙春院どのの姿を探すのだ。どのような恰好だった」

「暑いんで、工房のなかじゃ浴衣に手拭い掛けでしたよ」

「浴衣姿で、薙刀か」

苦笑いしてぐるりと土手を見まわしてみるが、それらしい姿はない。

「ひょっとして、その人斬りに殺られたんじゃないでしょうね」

「馬鹿を申すな。妙春院どのの薙刀は、段兵衛が敗《やぶ》れたほどのものだ。むざむざと殺られぬよ」

「まあ、そうでしょうが……」

玉十郎が、不安げに土手の辺りを見まわすと、

「あっ、あそこに」

声をあげて指さした辺り、土手を下りきった川っ縁に、女が一人ぼんやりと立っている。

「あれだ、行くぞ」

二人で茫々《ぼうぼう》と草の生い茂る土手を転がるようにして下りていくと、妙春院が虚《うつ》ろな眼差しで俊平を見かえし、また川面に眸《ひとみ》をもどした。

「妙春院どの、いったいどうなされた」

駆けよった俊平が、妙春院の両腕を摑んだ。

「わたくし……、もう駄目です……」

「駄目と……？」

「己の金力をしみじみと感じました。もうこれ以上、無理はできません。強引なこと

をすれば、こうして人の命が奪われていくのです。これ以上、犠牲者を出すことは」

いつもの気迫はどこへやら、肩を落とした妙春院の姿は痛々しい。

「なら、どうすると言われる」

「もう花火屋はやめようと思います。そもそも、西も東もわからないこの江戸で、武家の女がいきなり花火屋など、どだい無理な話だったのです」

「なんの。あなたが悪いわけではない。大黒屋に負けてはだめだ」

「でも、悪知恵では一枚も二枚も上手《うわて》の大黒屋と、真正面からぶつかったのがいけなかった」

「そんなことはない。商売仇が、競い合うことはよくあること。それに、見事に勝ち残ってきたではないか。鍵屋はたしかに、仲間として大黒屋ではなくあなたを選んだのです」

玉十郎も、そうだ、そうだ、とうなずいた。

「でも、職人が半減してしまいました。もう仕事がこなせません。鍵屋さんからは、やいのやいのの催促。そのうえ、尾張さまからも注文がどっときて、どうにも首がまわりません」

「いや、まだなんとかなる。みな、寝ずに頑張っているというではないですか」

俊平が、妙春院の肩を取って言った。

「でも、もう日がありません。約束の期日までに納入しなければ、鍵屋さんも次からは仕事を廻してくれないでしょう。この世界、けっして甘くはありません」

「ちきしょう。あれだけいた花火師は、どこに消えちまったか」

玉十郎が、顔をくしゃくしゃにして悔しそうに川面を見わたした。

「なにか手がかりは掴めたのですが、まだなにひとつ、見つかっていません」

「ほんとうに情けないのですか」

妙春院は、そう言って手拭いで目頭を押さえた。

しだいに感情が高ぶってきたのか、わっと泣きだした。

派手な泣きっぷりである。拭おうともしないその顔は、流れ落ちる大粒の涙でぐしゃぐしゃになっている。

「わたくしは、なにもかも荒っぽくて、大雑把《おおざっぱ》」

「そんなことはねえよ。あっしはずっと妙春院さまを見てきたが、細やかな気配りのできるりっぱな大姐御《おおあねご》ですぜ」

玉十郎が、遠慮がちに妙春院の腕をとった。

「玉十郎さんだけです。そう言ってくれるのは」

妙春院は、こんどは俊平の胸にすがりついて泣きはじめた。その涙が俊平の黒の着流しに染みをつくった。

「柳生様――！」

土手の上で、声があった。

遠耳の玄蔵である。妙春院が気をとりなおし、手拭いで涙の滴《しずく》を拭った。

「おお、ここだ、玄蔵」

手を挙げると、さすがお庭番、草を滑るようにして軽々と土手を駆け下ってくる。

俊平は、あらためて玄蔵が訓練を積んだお庭番であることを思い知った。

「柳生様、お探ししました。お屋敷にうかがいましたら、お出かけになったとのことで。有明屋に行ってみますと、こちらにいらしたというので」

「それより、なにがあったのだ」

「お喜びください。ようやく大黒屋の花火工房の在り処が摑めました」

「なに、それは何処だ」

「横川《よこかわ》に沿った本所《ほんじょ》の外れの小梅村《こうめむら》の真盛寺《しんせいじ》という寺の隣で」

「よく、わかったな」

「いえね。ここでの殺しがあって、さすがに大岡様も動きはじめたようで。昼過ぎ、大黒屋の店に手入れがあり、行方不明になっている他の有明屋の花火師が何処にいるのかと与力が大黒屋を尋問したのですが、奴は何もしゃべりません。それで、仕方なくお奉行所の役人は帰してしまいましたが、その手入れのあった後で、動きがございました。店の番頭が、慌てて店を飛び出していったんで。そこで、そいつをあっしが尾《つ》けていくと、野郎、農家と見まごう目立たぬつくりの小梅村の花火工房に入っていったんでさ」

「よくやったな」

「行ってみましょう。柳生さま」

妙春院が、俊平の袖を握りしめた。

「だが、そこにはおそらく色部又四郎もおろう。よろしいか。妙春院どのは、手出しをなされるな」

「なんの、あのような者に後《おく》れをとるわたくしではございません」

妙春院は、いつもの気概を取りもどして、薙刀を握りしめた。

「とまれ玄蔵、案内してくれるか」

「むろんでございます」

「それと、敵は多勢。段兵衛の力も借りたい。玉十郎、有明屋に戻り、段兵衛の帰りを待て。戻ってきたら、本所小梅村真盛寺の隣の農家に来るように言ってくれ」

「承知しました。お気をつけて」

玉十郎が心配そうに三人を振りかえりながら、土手を上がって行くのを見とどけ、三人は通りかかった空の猪牙舟を拾い、黒雲を映して沈む大川を北に向かった。

四

その工房は、大川を水戸《みと》屋敷の前で折れ、迂回《うかい》して横川に出ると数町行った左手にあり、玄蔵の報告どおり、

——一見すると、農家と見まごう目立たぬつくり。

なのであった。

東面は寺の朽《く》ちかけた土塀に塞がれ、他の三面は鬱蒼《うっそう》と繁るずんぐりした松の林が囲っている。

麦わら屋根の家の広い前庭では、放し飼いにされた鶏《にわとり》がのんびりと小虫をついばんでいた。

「これでは、花火工房だとは見えぬな」

「ちょっと私が様子を見てまいります。その気味の悪い用心棒がおらねばよいのですが、とりあえずこの家の裏手にてお待ちください」

玄蔵がそう言って小走りに駆け去っていくと、俊平と妙春院は、目だたぬよう用心をして一軒置いて迂回しぐるりと裏手に廻った。

「ほう。大きな屋敷ではないか」

俊平は、樫の壁に囲まれた工房と、その向こうの民家を見あげて唸った。

三角屋根の古風な家がどこからか移築され農家の裏手に建っている。屋根裏にも部屋のある傾斜のある三階建ての造りである。

「なにやら飛騨の家のようだの」

やはり、有明屋同様、爆発を防ぐ固い樫の壁に周りが囲まれている。

と、人の気配がある。

俊平と妙春院は、とっさに丈の低いずんぐりとした松の木陰に隠れた。

見張りらしい男が七人、工房の入り口付近でうろついている。

いずれも、遊び人風の男たちであるが、町の博打打ちとはようすが違って、縞模様の小袖を着けているものの、刀を落とし差しにしている。

しかも帯びる刀は柄《つか》の長い直刀である。後ろに人面は着けていないが、小名木川の道で襲いかかった両面の忍者の仲間かもしれなかった。

「一気に片づけましょうか」

妙春院が、薙刀の鞘に手を掛けた。

「いや、花火師が人質に取られている。それに建物の中に、まだどれだけの手勢がいるかわからない。玄蔵が帰ってくるのを待って、ようすを聞いてからでも遅くはあるまい」

俊平が、血気にはやる妙春院をなだめた。

だが、四半刻が過ぎても、玄蔵はまだ戻って来ない。

「はて、捕らえられてしまったのか……」

俊平が、顎を撫でて首をかしげた。

「柳生さま、捕らわれたのならまだしも……」

妙春院が言ってから、はっとして口を閉ざした。

「いいえ、生きておりますよ。妙春院さま」

玄蔵が苦笑いして、背後から声をかけた。

「これでも遠耳の玄蔵の異名で通ったあっし、全部聞こえております。縁起の悪い話は、どうかご勘弁を」

俊平も苦笑いを返した。

「それより、玄蔵。なかのようすはどうであった」

「へい、手前の部屋に三人男がおりました」

「斬ったか」

俊平の眼が鋭いものになっている。

「いいえ、当て身で」

「ふむ。人の命を大切にするのはよいことだ。引き抜かれた花火師はいたか」

「はい。大黒屋の花火師と一緒に、黙々と作業をしておりました。だいぶ怯えているようで、小さく固まっておりました。逃げるようすはハナからありません。ここを出れば、殺されると思っているんでしょう」

「ならば、わたくしがみなを説得いたします」

妙春院が、任せてほしいとばかりにうなずいた。

「玄蔵、妙春院どのを連れて表から入ってくれ。私は、あの見張りを倒し、後から行く」

「承知しました」

玄蔵と妙春院が、うなずきあって去っていくと、俊平は夕闇を透かしてもういちど見張りのようすをうかがった。

夕陽が思わず声をあげるほどのみごとな赤さで、寺の屋根の向こうに沈んでいくところであった。

警護の男たちは、手持ちぶさたなのだろう。女の話でもしているのか、薄笑いを浮かべながら話しあい、時折あたりを見まわす。

と、工房から、小さなどよめきがさざ波のように聞こえてきた。

妙春院が、花火師と再会したのであろう。

それを耳にした一人が、残りの男たちに声をかけ、柄《つか》がしらを押さえて工房のなかに入っていこうとした。

「待て――」

俊平が、男たちに声をかけた。

「おまえたちは、持ち場を離れてはならぬ」

一瞬男たちはどぎまぎして俊平を見かえした。

咄嗟《とっさ》に新しい用心棒でも加わったか、と思ったらしい。

「誰だ、おまえは」

　この者らは、筏の上から俊平に矢を放った男たちであったのだろうが、夕闇の中で俊平の顔はよく見えなかったのであろう。また闇を透かして怪訝そうに俊平を見かえした。

「私がわからぬのか。おまえたちとは一度会っている」

「えっ」

「矢をふんだんに射かけられた。当たりはしなかったがな」

　月は雲間に隠れたが、星はある。その星の淡い光で、男たちはもういちど俊平の顔をうかがった。

「おまえは――！」

　耳が千切れたように小さい細おもての顔をした男が、あっと声をあげた。

「そうだ。私だ」

　俊平がそう言い放つや、音もなく刃を翻《ひるがえ》らせた。

　男たちが退くより早く、俊平の一刀が手前の男の頬に当たっている。

「今日、大川の岸辺に花火師の仏が二つ揚がった。あれを殺ったのは、おまえたちか」

「お、おれは……」

さらに刀を頬に押しあてると、

「ち、ちがう」

引きつった声でその男が言う。

「ならば、色部又四郎か」

「そ、そうだ……。だが、なぜ……」

「知っておる。同門だからの」

「お、おまえは……」

「柳生俊平という」

「げっ！」

男たちは、言葉にならない呻き声を上げ、また退いた。

「今日は、両面宿儺の面は被っておらぬようだが」

俊平が、またぐるりと男たちをねめまわした。

「飛騨の両面宿儺の末裔か。それとも、白川郷で食えぬ次男坊、三男坊か。大黒屋に拾われて、甘い話を聞かされておるのだろうが、奴のためにはたらくのはやめておけ。利用されるだけだ」

「どういうことだ」

「いつまでたっても金銀の山分けはないということだ。飛騨の山に帰れ。命まで取ろうとは言わぬ」

「か、帰らぬ！」

刃を頰に当てられた男が、口を空け唇を震わせながら言う。

「飛騨の男にも誇りがあるか。だが、やつは、そも内ヶ島の末裔ではない」

「う、嘘だ！」

男たちは顔をゆがめて口々にわめいたが、俊平と争う気力はとうに失っているらしく、かかってこない。

「争う気はないらしいな。ならば、私はなかの花火師を連れて帰る」

俊平は刀を男の肩から外し、工房の裏木戸に向かった。

背後に殺気が甦《よみがえ》る。

「抜くな、かまえて抜くな、抜けば、斬らねばならぬ」

「どれだけの……」

俊平は、後方からの声に振りかえった。

誰かが、仲間をけしかけて言う。

「もんじゃ」

誰かが直刀を上段に撥ねあげた。

「うっ」

と撃ち込んできた。

俊平は反転して向き直ると、そのまますっと下がった。

前から男が上段から斬りかかる。

たとえ腕達者の忍びといえど、剣で争えば俊平とは天と地ほど力がちがう。

それを俊平は軽々と弾《はじ》きかえした。

「よさんか」

三人が、さらに動く。

「やむをえぬ」

俊平が前に出た。

男たちの間を縫うように動き、刃を翻した。

瞬く間に、一人が刀をからめ取られて落とし、二人が指を落とされてがらりと刀を投げ出した。

「去れ。大黒屋にはわからぬ」

背後で残った二人が、左右に分かれてようすをみている。

「まだ、やるか」

わずかに首を傾げ、俊平が背後に目を配ると、

「退《ひ》けっ」

背後で、誰かが低く言った。

その男が、仲間の頭目格なのだろう。残りの者らは、その声に従った。

気配が、俊平の周辺から夕闇の奥に向かって消えていく。

「これでよいのだ、これで」

俊平は独りそう呟いて、刀を納め後も見ずに歩きだした。


裏の勝手口から工房のなかに潜入した俊平は、人気《ひとけ》のない暗い土間を通り抜け、練り場の戸口で立ちすくんだ。

床に、男たち数人が、生死もさだかでない状態で崩れ込んでいる。妙春院と玄蔵の姿はなかった。

作業場の扉を細く開けてなかをうかがえば、そこは工房の作業場で、有明屋のものよりは数倍広く、筒袖《つつそで》姿の花火師たちが二十人ほど、妙春院と玄蔵の前で身を寄せ合

っていた。

男たちの背後に二間《けん》四方の木枠のなかに巨大な土盛りがあり、その頂きに山城がそびえていた。

帰雲城のつもりであろう。

山の周辺には、小さな柱が立てられている。

かつて豪族の家があった場所のしるしなのだろう。その言い伝えをもとに、城のあった位置を再構成しているのだろう。

土盛りの奥、壁際に巨大な像が据えられている。木彫の両面の像である。

伝説の異形の神、両面宿儺らしい。

妙春院の薙刀は、鞘も払われていなかった。

さっき俊平の足元にうずくまっていた男たちは、妙春院の薙刀の柄で打ち据えられたらしい。

「あっ、柳生さま」

妙春院が、現れた俊平を見かえし、花火師を困ったように見据えて語りかけた。

「どうなされた」

「この者ら、どうしても帰りたくないと申すのです」

見たことのある花火師が三人ほど、他の者はおそらく大黒屋の花火師であろう。髪の毛の黒い眼窩《がんか》の深い、異相の男たちで、いずれも鼻梁《びりょう》が高く鷲鼻《わしばな》である。

妙春院の言う花火師は、むろん有明屋の花火師のほうである。

「なぜだ、金か」

俊平が、手前の若い花火師に訊いた。

「寅次《とらじ》、お答えしなさい」

妙春院が、きつく促した。

「そりゃ、金もほしいが、それより、おれたちは痛いめにあいたくねえし、殺られたくもねえのさ」

寅次がそう言って、腕をまくってみせた。二の腕に大黒屋の焼き印がある。焼き鏝《ごて》を押しつけられたらしい。

「ひどいことをする」

俊平が、寅次の腕を取り、黒く焦げた肌の刻印の跡を確認した。

「おれたちゃ、もう、逃れられねえのさ。たとえ逃れられても、あの気味の悪い侍が追いかけてきて、バッサリ斬りつけられる」

「色部又四郎だな――」

「名前は知らねえが、そいつだ」

花火師たちが、みなで顔を見あわせた。

「やはり、大川に浮かんでいた仏を斬ったのは、あいつだったか」

俊平が、玄蔵と顔を見あわせた。

「大黒屋は、おとなしくしてりゃ、大事にしてくれる。給金もいいが、食い物もいい。たまには女も抱かせてもらえる」

退助《たいすけ》という、別の花火師が言った。

「退助、給金は同じだけ出します」

「勘弁してくだせえ。姫さま。おれたちゃ、命が惜しい。国にゃ、女房子供を残してきている。おれたちが死んだら、誰が食わしてやるんで」

「みなの命は、わたくしが守る」

「無理な話だよ。姫さま一人で、みなに目が届くわけもねえ」

「どうしても、嫌なのですか」

妙春院が、一同を見まわして悲しそうに念を押した。

みな黙っている。

「帰りましょう、柳生さま」

妙春院が怒ったように言った。

「よいのですか、妙春院どの」

「この人たちも、考えがあってのこと。馬ではないのです。耳を摑んで、引っぱっていくことなんてできません」

妙春院が、重い吐息とともに言った。

「姫さま、すまねえ」

寅次が立ったまま大きく頭を下げると、他の男たちも揃って頭を下げた。すると、

「おれは、帰るよ」

背の丸い老いた花火師が仲間のなかから一歩踏み出した。

作衛門《さくえもん》という花火師である。

「もうこの歳だ。おれは命なんか惜しくねえ。おれは、柳河藩のご恩に報いてえ。藩は今、大変な時だ」

「ありがとう。手が足りないのだよ。作衛門、一人でも戻ってきてくれたら、ずいぶん助かるよ」

妙春院が、作衛門の手をとり頭を下げた。

それを見て、他の男たちが顔を背《そむ》ける。

「さあ、帰りましょう」

妙春院は、俊平にそう言って、男たちに背を向けて歩きだした。

外はすっかり夜の帳《とばり》が降り暗い。幸い月が出ている。

「妙春院どの、この私でできることがあれば申してくだされ」

俊平が、歩きながら妙春院に言った。

「あいにく、柳生さまにお願いできることはあまりありませんが、そう言っていただくだけで励みになります。今宵は徹夜になりましょうが、大丈夫。体力だけはこれ、このとおり。有り余って」

妙春院が、俊平を見かえし胸をたたいてうなずいた。

五

「柳生さま、ぜひにも一手、ご指南いただきとうございます」

そう言って妙春院が朝いちばんに道場を訪ねてきたのは、本所横川沿いの花火工房で花火師奪回の争いがあって二日ほど後のことであった。

どうにか尾張藩に納入する狼煙花火を徹夜でこなし、しばらく待ってもらっていた鍵屋の分については、今日からとりかからねばならないという。疲れが溜まっているが、ひと汗かいて気分一新、また新たな気持ちで仕事に取り組みたいという。

――されば。

と妙春院を道場に迎え入れれば、今日は薙刀ではなく蟇肌竹刀で立ち合いたいという。

――勝ち負けの勝負は、さすがに気力がつづきませぬ。軽いお手合わせをお願いしとうございます。

そう言う妙春院に応じ、同じ蟇肌竹刀でそのタイ捨流と剣術の手合わせしてみれば、同じ流派から派生した両派ではあるが、別物といえるほど太刀筋がちがうことにあらためて気づく。

タイ捨流は飛んだり跳ねたり、とにかく動きが大きく、しかも足技まで繰り出してくる。戦場剣法で、それを女ながらにこなす妙春院を、門弟たちは稽古の手を休めて茫然と見入っている。

それは、一見して大胆かつ鋭利な動きである。

〈後《ご》の先《せん》〉などと鷹揚《おうよう》に構えていれば、勢いに押されて、みるみる壁際に追いつめられる。

さらに、柳生新陰流の刀法と明らかにちがうところは、踏み込んでくると、肩の入る向きが同じことであった。

右からの撃ち込みに合わせて、右足が動き、さらに一段深く踏み込んでくる。それゆえ、思いがけなく切っ先が伸び、間合いを見あやまりそうになる。

「練習稽古でよかった。あやうく一本をとられるところでした」

「いいえ、こちらこそ危ないところでした。柳生新陰流は千変万化ゆえ、当方の動きが単調すぎて、すぐに動きを読まれてしまいそうな気がします」

妙春院が、謙遜してうつむきながら言う。

稽古着のまま、奥の一間に入ると、慎吾が茶を淹れてくる。

「だいぶ、茶の淹れ方が上手《うま》くなったな、慎吾」

「いえ、まだまだです」

慎吾は照れ笑いをしながら、

「妙春院さま。私にも、ひと手タイ捨流のお手合わせをお願いしとうございます」

「ほう、それはまたなぜじゃ、慎吾」

俊平が首をかしげて慎吾を見かえした。

「切っ先に、思いがけないほどの鋭い切れがございます。私はそのような剣が好きでございます。小手先の剣など寄せつけぬ剣が学びたいものだと」

「いつでもお相手いたしましょう」

妙春院が目を細めてうなずいた。

「ところで妙春院どの。両流の元となる新陰流とは、いったいどのような剣であったのでしょうな」

慎吾の茶を手に取って、俊平が妙春院に問いかけると、

「おそらく、タイ捨流よりはむしろ柳生新陰流に近いものと思われますが、あるいはさらに柔軟な剣であったかもしれませぬ」

妙春院は、意外なことを言った。

「はて、何故そう思われる？」

「新陰流の源流は陰流。その流祖愛洲移香斎は猿の動きから開眼したといい、陰流は構えすらなく天衣無縫《てんいむほう》な剣であったといいます」

「そのこと。同じことを、かつてさるお方からも聞きました」

「それは、どなたから」

「剣の師奥伝兵衛先生です」

「ならばきっと、そうなのでしょう。柳生さまは、色部又四郎の剣が気になっておられるのでございますね」

妙春院はじっと俊平をうかがった。

「正直、気になっております。しかし、なにやら妙春院どのにお手合わせいただいたおかげで、微かに光明を見出した思いがあります」

「はい？」

妙春院は、怪訝そうに俊平をうかがった。

「軽妙な変化には、深さで太刀打ちするしかありません。かまわず一歩踏み込んでいくタイ捨流のよいところを採り入れたい。されば、もう一手」

「かまいませぬが」

妙春院がにこりと笑って立ち上がろうとしたところに、道場の戸口に遠耳の玄蔵が現れ、なにやら青い顔でこちらを見ている。

妙春院にことわって玄蔵に歩み寄ると、

「じつは妙なことを耳にいたしました。大岡様が、御前のお耳に入れておけと申されますので」

「妙なこと……？　はて、遠耳の玄蔵の耳は、尋常のものではないゆえ、私などには聞こえぬものであろう。ぜひ聞きたいものよ」

「それが……」

　玄蔵は、奥の妙春院にぺこりと頭を下げて、

「じつは、大黒屋を探っておりましたところ、ちょっとした大きな魚が釣れましてございます」

「ほう」

「大黒屋が、竹腰正武と花火見物の宴をもつというのでございます。これはよい機会、どんな話が飛び出すかと船宿に頼み込み、昨日の晩は、あっしが屋形船の屋根の上で竿を握っておりました」

「ほう、お庭番ともなれば忍びの技の他に、船を操ることもできるのだな」

「これでも、密偵家業が長うございます。まあ、ひととおりは」

「で、なにが聴こえたのだ」

「それが、大変な収穫でございました。その船にはもう一人大物が乗っていたのでございます」

「ふふ、有馬であろう」

　俊平は玄蔵に額を寄せ、声を潜めた。

「よく、おわかりで」

玄蔵は、小さくうなずいた。

「それは、大手柄だ」

「ところが、そこで話されていたことが、とんでもないことで、手柄だなんて喜んでもおられません。大黒屋め、伊達や薩摩など、外様の大藩に黒色火薬をしきりに売り込んでおりますが、とんだ裏があったのでございます」

「なんだと！」

「有馬様は、さすがに上様を将軍にまで押し上げられたお方、まこと知恵者でございます」

「知恵は使いよう。おそらく悪だくみであろう」

「ご明察でございます。〈狼煙同盟〉などと称し、尾張様を頭とする外様大名が署名したとの偽の連判状《れんぱんじょう》を用意し、大黒屋の大福帳とともに上様にお見せするとのこと、この同盟を徳川宗家に対抗する一大勢力を築くためのものと披露するようでございます」

「まこととも思えぬが……」

「平時なれば、たしかに一笑に付す話でございましょう。ただ、尾張様の跳ね返りぶりは、このところ際立っております。さらに、家臣の所業とは申せ、上様のお命を狙う試みもいくたびかございました。上様が怒りに任せ、尾張公を呼びつけられ、厳しくとがめられたのはつい一月《ひとつき》前のこと。裏でどのような策謀が蠢いていようと、不思議のないご時勢と思われます」

「はて、困った。上様が、そのようなものお信じにならねばよいが」

俊平は、これは深刻な話と、玄蔵を道場奥に招き入れ、慎吾にまた茶を淹れさせた。

「こいつは、どうもあいすみません」

「大岡様も、この件は大事を招きかねないと。有馬さま、竹腰殿、大黒屋のつながりを、至急調べると申しておられました。わかりしだい、先回りして上様に言上する手筈とか」

「間に合えばよいが……」

俊平が妙春院を見かえすと、まだ話を聞いていない妙春院は、きょとんとして玄蔵を見かえした。

「おお、ここか俊平」

玄関に野太い男の声がある。段兵衛である。

段兵衛は、俊平と妙春院、玄蔵の姿をみとめて大きな音を立てて駆けてきた。

「俊平、大変なことになったぞ」

「また、たいそうな騒ぎだな」

「まず、話を聞け。たった今しがたただ。本所の大黒屋の工房から、花火師が二人逃げてきた」

「今どこにいる」

俊平が、妙春院と顔を見あわせて問い質《ただ》した。

「有明屋だ」

「離れてしまって大丈夫か」

俊平が気になるのは、大黒屋の用心棒色部又四郎である。

「これより急ぎ戻ります。花火師はわたくしの手で守ります」

妙春院が、きっぱりと言った。

「私がついていればよかったが、おぬしに報せぬわけにはいかぬので飛んできた。逃げてきた花火師の話では、尾張藩に納入する狼煙花火に仕掛けを施すことを強要されたという」

「仕掛け？」

「ひとつは、狼煙花火を斜めに上がるように仕向け、深川あたりに火の粉が振りかかるようにせよ、と強《し》いられたという」

「なにゆえでしょう」

慎吾が段兵衛に訊いた。

「わからぬが、江戸に火事を起こさせ、尾張藩に濡《ぬ》れ衣《ぎぬ》を着せようというのだ」

「にわかには、信じられぬが」

俊平は、腕を組み、玄蔵と顔を見あわせた。

「やつらは、そこまでのことをきっといたします」

「いまひとつは、尾張藩で誤爆し、藩邸を火の海にせよとも、言われたらしい」

「尾張藩の蔵屋敷は築地だ」

「慎吾、今、何時《なんどき》だ」

「六つ前と存じます」

「うむ、急ぎその企《くわだ》てを阻止せねばならぬ。段兵衛、花火はいつから打ち上げられるのだ」

「今夕、六つ半（七時）からという」

「ううむ」

俊平が、また段兵衛を見かえした。

「ただ、いくら狼煙花火の火の粉が町に降り注ぐからといって、まちがいなく火の手を挙げられるとはかぎるまい。それだけの企みをするからには、さらになにか悪巧《わるだく》みがあるのでは」

「と申されると」

玄蔵が険しい双眸を俊平に向けた。

「尾張藩の手落ち、あるいは江戸を炎上させる謀叛《むほん》と見せかけるのであれば、手の者を使って、市中に火を放つくらいのことはしよう」

「それは、ありうるの」

段兵衛も、さすがにそこまでは思い至らなかったらしく、膝を打って俊平を見かえした。

「早々に、手を打たねばならぬな。すまぬが玄蔵、至急今の話を大岡殿に伝えるのだ。深川に火の手があがるかもしれぬ」

「わかりましてございます」

玄蔵が険しい表情で応じた。

「して俊平、おぬしはどうする」

段兵衛が、言ってむんずと胴田貫をつかんだ。

「これより、急ぎ築地の尾張藩蔵屋敷に向かう。おぬしもまいるか」

「むろんだ」

「わたくしもまいります」

妙春院が、そう言って膝を詰めた。

「妙春院どのは、有明屋にお戻りくだされ。花火師を守らねばなりません」

「しかし、悔しうございます」

妙春院は、大黒屋一党に一太刀あびせたいらしい。

「だが、又四郎のことがちと心配だな」

段兵衛が妙春院を見かえして言った。

「なに、色部又四郎はおそらく、大黒屋と一緒だろう。その大黒屋は、築地の下屋敷で花火師を指図しておるはずだ」

「うむ」

「慎吾。急ぎ馬を二頭用意せよ。私と段兵衛の乗る分だ。それから、急ぎ御徒町の柳河藩上屋敷に行き、ご藩主立花貞俶どのに柳生俊平からだと伝えてほしい。有明屋が危ない。至急警護の者を十人、いや二十人回してほしいと」

「かしこまってございます」

慎吾は、急ぎ厩《うまや》に向かって駆け去っていくと、

「段兵衛、馬の早駆けは久しぶりだな」

俊平が、段兵衛の肩をたたいた。

第五章　江戸炎上

一

尾張藩は、江戸市中に下屋敷を多数抱えていた。

戸山の下屋敷に、広大な園遊式の庭園が築かれ、箱根山や小田原宿の風景が移されていたことは前に述べた。

一方、築地の下屋敷は主に蔵屋敷として活用され、水路を導いて領地からの船荷を搬入させ、海鼠《なまこ》壁の倉庫に蓄えていた。

いまひとつ、この築地の蔵屋敷の特徴は、海に面していたため、頻繁《ひんぱん》に打ち上げ花火が上げられていたことである。

尾張藩の狼煙花火は、〈御三家花火〉のなかでも最も豪華なものとして、江戸の町民の間でおおいに人気があった。

ことに先代藩主徳川継友《つぐとも》に替わってなにごとにつけ華やかなことを好む藩主宗春となってからは、町衆の花火に対抗するかのごとく、大胆な趣向を採り入れた狼煙花火を多数工夫して町民の人気はいっそう高い。

俊平と段兵衛が、早馬でこの築地蔵屋敷に駆けつけた時、門前ではすでに大勢の人足が、花火の荷を搬入しているところであった。

見れば、大黒屋の花火師にまじって、有明屋から移ってきた花火師の姿もある。

その男たちの脇を抜け、

「ご藩主、徳川宗春殿にお取り次ぎ願いたい」

と俊平が門衛に告げれば、

——藩主は上屋敷におられまするが、
と怪訝な顔をする。

俊平は困って、

——なれば、奥伝兵衛殿はおられるか、
とさらに問うと、門衛は、

「さきほど、お見かけしました」

と奥に消えた。

俊平はかまわず、段兵衛となかにすすむ。

邸内は広大である。御殿前の庭園をはさんで、海側にたくさんの海鼠壁の蔵が立ち並んでいる。

俊平と段兵衛は、その蔵の方角に向かって歩いていき、見知った尾張藩士を見つけ声をかけた。かつて、芝居茶屋で宗春に対面した折、列席していた戸梶帯刀《とかじたてわき》という男である。

猛暑のなか、ぐっしょりと汗をかきながら、しきりに手拭いを使う若党に、なにやら忙しく指図しているところであった。

「そこもと、たしか戸梶殿と申されたな」

「あ、これは柳生様――」

戸梶は突然の俊平の出現に驚いたが段兵衛をも一瞥《いちべつ》し、二人の深刻な表情に眉をひそめた。

「なにか、大事が出来《しゅったい》いたしましたか」

「今日の狼煙花火の打ち上げは、すべて中止してはいただけまいか」

「はあ」

きょとんとした顔をして、戸梶帯刀は俊平を見かえした。

「はて、それはまたなにゆえでござる」

「詳しく話している間はないが、そういたさねば、大事となる。事故を、起こす仕掛けが花火に仕込まれておるのです」

俊平が熱心に説くのだが、戸梶帯刀はどうにも合点《がてん》がいかないらしい。

「信じられませぬ。大黒屋の納入した花火にでございますか」

「そうだ」

「ご家老の竹腰宗武さまより、大黒屋は江戸きっての花火屋と推薦《すいせん》されておりまするが」

「その竹腰が、指図して大黒屋に仕込ませたのだ」

「途方もないこと」

戸梶帯刀は絶句して、俊平を見かえした。

「はて、困った。打ち上げれば、江戸市中に火の粉が降りかかり、大火事となるおそれがある。また、誤爆して蔵屋敷が炎に包まれるやもしれぬ」

「柳生様の仰せではございますが、もしそのおそれがあるにしましてもこれだけの大事を、私の一存で判断することはできかねます。それに、大黒屋は他藩への納入実績もあり、鍵屋にも大量に下請けの花火を納入しておるとのこと。そのような事故が、起こるとも思われませぬが……」

戸梶は、俊平の話に懐疑的である。

「それが、起こるのだ。それに事故ではない」

段兵衛が、いらだたしそうに話に割って入った。

「これは、尾張藩を貶《おとし》める企てなのだ。下手《へた》をすれば、江戸に大火事を起こし、尾張藩の謀叛と触れ廻られるかもしれぬのだ」

段兵衛が、戸梶に怒りをぶつけるように言うと、戸梶はうっと押し黙り、

「そこもとは、どなたでござる」

段兵衛を、険しく見かえした。

「こちらは、筑後三池藩主立花貫長殿の弟御で、段兵衛殿じゃ」

「あっ、これは、ご無礼を」

戸梶帯刀ははっとして、しかし気を取り直し、

「さきほど、ご家老の竹腰様が大黒屋を連れてお見えになり、藩の砲術家、火薬部の方々の労をねぎらわれ、酒の大樽を三つと養生薬〈飛騨霊芝〉を置いていかれました。大黒屋のこたびの打ち上げは、大成功まちがいなしと太鼓判《たいこばん》を捺されておりました。

さきほどは、まちがいないようにと大勢の花火師に最終確認をしておりましたぞ」

「おぬしにいくら話していても、らちが明かぬ」

段兵衛は、戸梶の胸を突いて追い払うと、戸梶は背後を振りかえり、振りかえり、頭に血を昇らせて去っていった。


「どうする、俊平」

「はて、どうしたものか」

俊平は溜息まじりに藩邸内を見まわした。

今宵は打ち上げ花火の他に、盆踊《ぼんおど》りが行われるらしい。大勢の藩士がおり、遠く、櫓《やぐら》を組んで浴衣姿で三々五々集まってきているのがうかがえた。遊興好きの宗春の藩らしい。

「こんなところで大火事が起これば、多数の犠牲者も出よう」

俊平があらためて段兵衛と顔を見あわせ、途方にくれていると、

「おおい、俊平ではないか」

どこからか、聞きおぼえのある声がする。

見れば、御殿の方角から、剣の師奥伝兵衛がこちらを向いて手を振っている。

「おぬしら、なにしにまいった」

俊平と段兵衛に駆け寄ってくると、伝兵衛は怪訝そうに二人の顔を見た。

俊平が逃げ帰ってきた花火師から聞いた狼煙花火の計画を、急ぎ伝えると、

「それは一大事じゃ。もしそのようなことが起これば、藩存亡の危機となろう。まいられよ！」

伝兵衛は二人を先導して、作業中の花火師のほうに駆けていった。

大きな海鼠壁の蔵の向こうに鹿児島《かごしま》から来たのか五百石船が碇泊している。尾張藩専用の船着き場があるらしく、蔵に搬入途中の薩摩焼《さつましょうちゅう》酎の船からおろしたばかりの酒樽が、山積みされている。

その手前に仮設の狼煙台が立ち並び、藩の火薬方と大黒屋の花火師が慌ただしそうに打ち上げ準備に入っているところであった。

そのなかに、南本所の有明屋にいた花火師の姿も見える。

「無駄な斬り合いを避けねばならぬ。まずは、ここで待て」

伝兵衛は俊平と段兵衛を置いて花火師のもとに寄っていき、そのうちの二人に声をかけて、木陰で待つ俊平と段兵衛のもとに連れてきた。

もう有明屋には戻らぬ、と言っていた寅次と退助である。

「おぬしら、花火に仕掛けをしたそうだな」

ぬっと現れた俊平に、二人は度肝《どぎも》を抜かれ、

「いや、とんでもねえ」

寅次が言って、彼方《かなた》の大黒屋の番頭をうかがった。

「素直に白状すれば、今ならまだ罪は問わぬぞ」

「やっぱり、罪になるんで」

ぎょっとして退助が俊平をうかがった。

「あたりまえだ。江戸が大火事になれば、おまえたちは獄門台《ごくもんだい》送りだ」

段兵衛が、退助の顔にぐっと髭面を近づけて言った。

「おまえの首と胴が離れて、首だけが台に晒《さら》されるのだ」

「ひえっ」

退助が、悲鳴をあげて遠くで作業する仲間の男たちを見かえした。

「白状してしまえ。花火のなかに仕掛けをしたとな」

「どうする」

退助が、隣の寅次に声をかけた。

元有明屋の花火師たちが、気づいてこちらに集まってくる。

大黒屋の番頭も追いかけてきて、俊平と段兵衛の姿にぎょっとして身がまえた。

「さあ、言え。どんな仕掛けをした」

「命令されてしかたなく火薬を三倍多く詰めた。それに硫黄だけを五倍詰めた物もある。これは上がらずに途中で爆発する。下手《へた》をすりゃ、蔵屋敷が火の粉を浴びて燃えてしまう」

「それは、一大事だ」

俊平の隣で、奥伝兵衛が言った。

「皆の者、本日の打ち上げは中止だ」

奥伝兵衛が、大黒屋の花火師に向かって大声で命じると、作業中の番頭も花火師も何も聞こえないふりをして、作業を続けている。

藩士が、おろおろしてしきりに伝兵衛を見かえした。

中止の意味がわからないらしい。

「ええい、つづけよ！」

遠くで作業の指示をしていた大黒屋亮右衛門が、大柄の体軀を揺すってこちらにやってくると、ぎろりと伝兵衛をねめまわし、

「うるせえ、爺《じじ》い。これは、ご藩主さま、ご家老様の指示でやっている作業だ。やめ

させるのなら、まずご上司様におうかがいを立ててからにしろ」

泡をとばして、怒鳴り散らす。大黒屋は、さらに思い返し、

「おい、ちっと早いが、打ち上げろ！」

花火師に指示をした。

「やめろ、大黒屋！」

俊平が、花火師の前に立ちはだかった。

「やめたら、こちとらが、逆にお咎めを受ける。邪魔をするな」

大黒屋がまた振りかえって手をあげると、狼煙花火に点火されて、地響きを立てて
炎が立ち上がった。

「おおッ、高い、高いぞ！」

大黒屋が面白そうにわめいた。

「細工が入っただと。こんな見事な狼煙花火の、どこに妙なところがある」

「いつもより、ずっと高く上がっているぜ」

花火師が口々にそう言うと、大黒屋の男が揃って喝采をあげた。

「町衆の歓声が聞こえるかい」

「天下の柳生新陰流も焼きが回ったかい」

花火師たちは、さらに口々に俊平らを罵《ののし》りあざわらった。

「おい、俊平、あの狼煙、曲がって川向こうに向かっていくぞ」

段兵衛が慌てて俊平の袖を引いた。

半円を描き尾を引いて落ちていく狼煙花火が、川向こうの屋根の上に落ちていく。

「火の玉が、どこかの屋根に落ちた。あれでは火事になる」

俊平が振りかえり、寅次と退助を見た。

二人は、バツが悪そうにうなずいている。

「次だ、次を上げろ！」

また、大黒屋がわめいた。

次の狼煙花火が、また高々と上がっていく。

つづけざまに三発目、四発目、五発目が上がっていく。

「どうだ。綺麗に上がっていくぜ。なにか文句があるかい！」

大黒屋がそう叫んだ時、頭上でなにかが弾けたような大きな爆発音が上がった。

打ち上げた花火が低く停滞し、やがて蔵屋敷の上空でバッと炸裂したのであった。

火花が、桶の水をこぼしたように、屋敷の上空に撒きちらされていく。

「これは、いかん。みな、やめさせるのだ」

奥伝兵衛が叫んだ。

「皆の者、火を消すのだ。藩士を集めるのだ」

だが、藩士はおろおろするばかりで、どうしてよいかわからないらしい。

「早くいたせ。蔵屋敷が炎に包まれるぞ」

たたみかける段兵衛の言葉に、ようやく藩士が動きはじめた。

「やめい、やめい！」

藩士が、花火師に命令した。

「つづけろ！　かまわず、つづけるのだ！」

大黒屋が、野太い声で花火師に向かって叫ぶ。

「血迷ったか。大黒屋！」

藩士の一人が、血相を変えて花火師を止めに入った。

「ええい、邪魔だてすれば斬る」

炎上を始めた蔵屋敷から、立ち上がる炎が大黒屋の相貌《そうぼう》を紅《あか》く燃え立たせていた。

「おのれ、大黒屋。気でも狂うたか！」

藩士が抜刀して大黒屋に迫ったとき、盆踊りの町衆にまぎれて藩内に入り込んでいた浪人風の男たちが、長ドスの鞘を払って藩士に立ち向かっていく。

「ええい、こ奴らッ」

俊平が、抜刀してその男たちに向かっていった。

数合刃を合わせた男たちが、とても敵《かな》わぬと後退を始めた。

ただのやくざ者ではない。


蔵屋敷が、広範囲に炎上を始めていた。

むろん、花火の火の粉を浴びて出火したのではなく、何者かが火を点けて回っているのである。松明《たいまつ》をかかえて動きまわる数人の町衆の姿がある。

大黒屋の姿が消えていた。

「奴を逃がすな、俊平。おれも追う！　お頼みしましたぞ」

段兵衛が、奥伝兵衛に声をかけた。

夕闇に沈む海沿いの広場をぐるり見まわすと、船着き場に向かって大黒屋と数人の番頭が、抜き身の大刀をひっさげて駆けていくのが見える。

船着き場に船を待たせていたのであろう。

大黒屋の一党は倉庫の角を曲がったところで、姿が消えた。

それに入れ替わるように、前方右角からぬっと人影が現れて、俊平と段兵衛の前に立ちはだかった。

色部又四郎と町人姿の一党であった。

さきほど藩士を蹴散らした連中で、大黒屋を守るべく、こちらに回ったらしい。

「柳生はおれがやる。おまえたちは、この熊男をやれ」

又四郎が言った。

「だが、おそらく――」

又四郎は、ぐるりと段兵衛を見まわし、

「かなりできる。おまえたちが殺《や》られような」

皮肉な笑いを浮かべた。

男たちが、うっと後ずさる。

「死ぬのがいやなら、このまま逃げろ」

段兵衛が言った。

「逃げるな。もし、飛騨の国人の誇りがあるのなら、せめて、おれが柳生を殺す間、こやつを引き留めておけ」

「いや、おれはすぐに片づける」

段兵衛は太々《ふてぶて》しく言うと、ズイと前に出た。

男たちは、圧倒されて数歩退いた。

後方で、花火が連続して暴発し、爆風が背後から押し寄せる。

屋敷の一部が自壊、夕闇にめらめらと炎が立ち上がった。

又四郎はようやく編笠をあげて、ちらりと俊平を見た。

その眼が異様に鋭い。

「やはり、やめておこう」

俊平が言った。

「われらは、同じ新陰流。相手が落命するまで斬りあうべきではない。腕試しなら、道場で立ち合えばよいこと」

「柳生。これはもはや、腕試しではない。立場のちがいによって、斬り合わねばならなくなったのだ。そうでなければ、この者らを逃がせぬ。逃がすことは、主命なのだ」

「愚かな。附家老といえども竹腰殿は尾張藩の者ではないか。なぜ尾張藩を陥《おとしい》れ、藩邸を焼き、さらに市中の屋根に炎を浴びせかける。主命である前に、これは、天下の大罪だ。よく考えてみろ」

「知ったことか。かくなるうえは、おれは竹腰正武殿と一蓮托生《いちれんたくしょう》」

「やむを得ぬか——」

俊平は、言って二歩、三歩と退いた。

背後は雑木の生け垣になっている。その向こうは海であった。

俊平は、左に回った。

又四郎が、ゆっくりと左手で編笠の紐《ひも》を解きはじめた。

編笠をなげ捨てると同時に、抜き打ちで斬りつけるつもりらしい。

段兵衛は、すでに胴田貫を抜き払い、囲まれながらも男たちを一手に引きつけている。

また、狼煙花火が高く上がった。

その光に照らされて、こちらに駆けてくる一人の武士の姿が浮かびあがった。

師の奥伝兵衛である。

伝兵衛はすでに、又四郎と俊平の決闘が始まったことを見て取り、何もいえずにこちらを見すえている。

「奥伝兵衛が来た。ちょうどよい。どちらの剣が上か、見とどけてもらおう」

又四郎がそう言った時、又四郎の編笠が地に落ちた。

それよりわずかに早く、又四郎は狼煙花火の光に刀をきらめかせ、俊平に迫っていく。

　とっさに抜く間もない。

　俊平は獣のようになって一間、二間、三間と跳び退った。

　一太刀、さらに刀を撥ね上げてもう一太刀、その恐るべき速さ、軽快さは、俊平がこれまで見たことのないものである。

　又四郎の斬りつけた何太刀目かが、俊平の袖を一尺ばかり切り裂いた。


　俊平ははっとして地に沈み、又四郎が横に薙いだ一太刀をかわすと、身を沈めた居合の態勢から抜刀し、いきなり鋭い突きを放った。

　又四郎は、弾かれたように後方に飛び退く。

　それはあたかも、又四郎の体が宙に浮いたような軽妙さであった。

　さらに踏み込み、又四郎はうずくまり、今度は低い前屈みの態勢から、背を向けていきなり振りかえりざま、斜め上に斬りつけてくる。

　新陰流にある反転抜刀法の応用らしい。

　俊平が退くと、今度はまた滑るような足運びで、左右から斬りつけてくる。

　それを振り分けてかわし、俊平はあえて相手に白刃の下に入った。

薄闇のなか、俊平は地を睨み、又四郎を見ようとせず押していく。

それに呼応し、又四郎は軽やかに飛んで地を踏み、風に泳ぐように平然と退いていく。

俊平は、はっとして気づいた。いつのまにか、〈後の先〉を奪われている。

俊平は、思いなおして一呼吸入れた。

段兵衛を、視野の端にとらえる。

動きは膠着《こうちゃく》状態であった。浅い打ち合いがつづいている。

段兵衛の強さは、刃を合わせただけでわかるのでろう、飛騨の男たちは、段兵衛に軽く打ち込んでは、すぐに退く。

段兵衛は無理に男たちを追い込むこともなく、俊平の勝負に邪魔が入らぬよう手を貸しているといったところらしい。

俊平はそれを見て、ふたたび又四郎との間合いをゆっくりとつめはじめた。

すぐに間合いはつまって、六尺ほど。

俊平の剣が動き、又四郎の剣が動く。

ビンと刀身が響きあい、前に踏み込み、刃を摺《す》りあげて互いに鍔《つば》を突き合わせる。

と、又四郎が、いきなり足払いをかけてきた。

それを、踏んばって押しかえす。

「なるほど、足技まで繰り出してきたか」

俊平は、にやりと笑った。

また飛び退いて、ゆったりと間合いをとった。

又四郎が、険しい表情となっている。

「無駄な争いじゃ」

遠くから声があった。

奥伝兵衛である。

その言葉が形勢不利を宣告したものととった又四郎が、怒気を溜め、刀をいきなり上段に撥ね上げた。

一気に決着をつけるつもりでいる。

俊平はやむなく刀を下段に垂らし、半眼にして又四郎を見つめた。

「やめよ、又四郎」

又四郎はその言葉を聞かず、宙を泳ぐような軽い足どりでスルスルと踏み込んでくる。

俊平は、押されるように心もち下がった。

又四郎の眼が光る。

悲鳴のように、また狼煙花火が上がった。

宙空を飛んで、夕闇のなか、花火は傾いて深川の方面に向かう。

俊平はさらに飛び退いていた。

幾度も低い態勢から、また跳ねるように立ち上がり、又四郎に向かって前進した。

又四郎が退がる。

俊平は、さらにすすんだ。

その時、思いがけないことが起こった。

俊平の刀身が長くのびたかのように見えたのである。

だが、それは錯覚で、俊平の左からの片手打ちの一撃が、前に踏み出した左足に乗ってさらに延び、又四郎を袈裟に裂いたのである。

又四郎は驚きの表情のまま、眼を剝いて、そのまま地に崩れた。

勝負を見とどけた飛驒の男たちが、段兵衛への囲みを解き、闇の奥へと逃げ去っていった。

奥伝兵衛が、俊平に歩み寄り、足元にくずれた又四郎に手を合わせた。

「今の技は――」

「妙春院どのに教えられたもの。西の新陰流丸目蔵人殿のタイ捨流の刀法でございます」

「おお、元祖新陰流に、新しい新陰流の別流で応えたか」

伝兵衛は、唸るように言った。

「柳生様――！」

遠くで声がある。

お庭番の玄蔵とさなえであった。

二

俊平は玄蔵の操る猪牙舟で、逃げていく大黒屋一党の荷船を追った。

一党は、すでに岸を離れ大川を北上している。船が、だいぶ小さく見えている。夕闇がさらに深まれば、追うことが難しくなろう、と俊平は思った。

対岸、深川あたりで半鐘がけたたましく鳴っていた。

出火場所が遠い場合はゆっくりとたたくが、今は火元が近いのか半鐘が休みなくたたかれている。

「だいぶ、あちこちに火の手が上がっているようだの」

俊平が玄蔵に言った。

「築地から見た時は、それでももっと明るかったんですが、いくぶん暗くなっております。このぶんなら、火の手は収まりそうでさ」

「おおそうなのか」

「ただ、風がきつうございます。延焼がおさえられればいいですが」

さなえが言う。

「大岡様が、直々《じきじき》に出動なさると言っておられました。捕り方が大勢出ているんで、大黒屋も逃げようがありません」

さなえは、さらに二人を励ますように言った。

「ならば、よいが」

夕闇がさらに深まり、大黒屋の船はいつしか闇の彼方に消えてしまった。

やむなく岸に上がれば、あいかわらず大変な数の花火の見物客である。

大勢の町火消しが、深川方面に向かって駆けていった。

深川が持ち場の南組各組だけでなく、他の組も救援に駆けつけているのだろう。

さらに、派手な装束の大名火消しも姿を見せている。

「火の手が広がれば、これで怪我人、いや死人も出るな」

俊平が土手道に立ち、土手を埋めつくす群集を見まわした。

「柳生様、ご覧くださいまし……」

玄蔵が船着き場に向かって土手を下っていく数人の人影をみとめて、顎をしゃくった。

「あれは、大黒屋と店の男たちではないか」

「そのようで」

玄蔵が、ようやく見つけたと俊平と顔を見あわせ、ほくそえんだ。

「ほう、船が碇泊しているな。あれに逃げ込もうとしているのではないか」

「そうかもしれません。急ぎませんと」

玄蔵がそう言って俊平を振りかえり、群集を分けて駆けだそうとした時、後方から紋服に襷《たすき》掛《が》けの侍が十人ほど、土手の上を猛然とこちらに駆けてくる。

男たちは、花火に見蕩《みと》れる見物客を弾きとばし、俊平らの前を駆け抜けると、船に乗り移る大黒屋の一党を追って滑るように土手を下っていく。

と、すでに船に乗り移っていた男たちが、船からまた飛び出してきた。

いきなり、斬りつけられたようであった。

それを追って、抜き身の男たちが船外に飛び出してくる。

「思いがけないこって……」

玄蔵が足を止めて、その争いを見下した。

「仲間喧嘩のようです」

さなえが、俊平の脇で茫然と立ち尽くした。

大黒屋の一団は、土手を駆け下った侍にも背後から迫られ、船着き場で立ち往生している。

「いかん、あやつらは消されてしまう」

「なら、あの侍は」

玄蔵が、俊平の横顔をうかがった。

「おそらく、大黒屋の一党が生きていては邪魔になる者であろう。玄蔵、あやつらを殺させてはならぬ」

俊平がそう叫んで、土手を駆け降りていく。

玄蔵とさなえが、すぐに後を追った。

夜陰に刃の打ち合う音を耳にした花火見物の客が、ざわめきはじめた。

「待て、待てい！」

俊平が叫んだが、争いあう者たちは誰も振りかえらない。

多勢に無勢。大黒屋の男たちが俊平の前で無残に斬り倒されていく。

ついに大黒屋亮右衛門が、前後から腹と背を貫かれ、崩れ込むようにして川に落ちた。

「おぬしは！」

追いついた俊平が紋服姿の藩士に訊ねた。

「なんだ、おまえは」

「柳生藩主柳生俊平」

藩士は、うっと後ずさりしたが、気を取り直し、

「われらは尾張藩の者。柳生どのが、なにゆえここに」

「はて、尾張藩と申されたか。紋所を見れば他藩のもの、何処の藩だ」

俊平は夕闇を透かすようにして男たちの紋所に顔を近づけた。

「我らは、尾張藩の者。こ奴らは、花火に仕掛けを施し、下屋敷を炎上させ、さらにまた、狼煙花火で江戸の町に火を放ち、我が藩を陥れようとした者ども、ご藩主の命《めい》により大罪人ゆえ処分した」

「それは妙だ」

段兵衛がさらに一歩前に出る。

男たちは気味悪がって、身を引いた。

「我が主は、尾張藩附家老にして美濃今尾藩主、だから、主は尾張藩なのだ」

憤然《ふんぜん》と紋服姿の武士がいう。

「ほう、竹腰殿の藩か。大黒屋と一蓮托生と見ていたが、いつから仲間割れだ」

「無礼な。いかに柳生殿とて、我が藩への雑言、許されませぬぞ」

「ほう、許されぬとなると、どうなる」

「柳生様――」

玄蔵が、俊平の袖を引いた。

「あ、柳生さま。土手の上に」

さなえが、土手の上に一列に並んで川縁を見下ろす捕り方と馬上の数騎を見あげた。

「あのなかに、大岡様がいらっしゃいます」

こずえが声高に言うと、美濃今尾藩士は気圧されたように後退った。

「うぬら、罪なく商人を斬り捨てたこと、いかに武士とて許されぬ所業。いずれ大目付より詰問があろう」

俊平が言い放った。

役人が俊平のもとに下りてくる。

「貴公らは、いずれの藩の者か」

与力らしい男が、紋服の侍を見まわし、誰何《すいか》した。

「尾張藩の者でござる。この者ら、尾張藩を貶めるため、納入した花火に仕掛けを施し、蔵屋敷を炎上させ、さらに狼煙花火によって江戸の町に出火させようと企んだ。そのうえ、屋形船に乗り込み、我らに船を出すよう強要した。許しがたき所業ゆえ、討ち果たした。町方は、早急にこの骸《むくろ》を片づけ、大黒屋の本店も探索いたせ」

与力は御三家筆頭尾張藩士と聞き、おろおろしながら捕り方に命じて死骸を片づけはじめた。

「待て、待て！」

夕闇に声がある。大岡忠相であった。

「はて、この大黒屋だが、尾張藩の附家老竹腰殿が、ご主君徳川宗春殿に、ぜひにもと領内の商人を紹介していた者だ。そのような者ならば、藩主にも昵懇のはず。やはり、柳生殿の申されるとおり、仲間割れと思われる」

藩士はぎょっとして、大岡を見かえすと、

「商人が大名屋敷に火を放ったのであれば、それは罪深き所業だな。土手より見ておったが、抵抗もせぬ者をいきなり斬りつけ、死に至らしめた。口封じの疑いがあり、美濃今尾藩には追って大目付殿よりお呼び出しがあろう」

大岡忠相にそう断じられて、藩士は言葉もない。

忠相は俊平に向き直り、

「本日は、危ないところをご助勢いただき、お礼の言葉もござらぬ。火の手はあらかた押さえ申した。もう大丈夫でござる。ご安心あれ」

「それは上々――」

俊平は、忠相を見かえしてうなずいた。

「大黒屋の配下の者が、町々に火を点け回るところ、動きはすでに玄蔵の報告にて察知しており、早々に手を打つことができ申した」

忠相が、美濃今尾藩士をぐるりと睥睨《へいげい》してから俊平に微笑んだ。

「それは、なにより」

「築地の尾張藩下屋敷も、ようやく鎮火したようす。こたびのこと上様も安堵なされましょう」

忠相はそう言ってから、あらためて藩士を見かえし、

「いずれご沙汰《さた》があろうよ。謹慎《きんしん》して待たれるように」

そう言い残して、土手を駆け上がっていった。

「忙しい御仁だの」

俊平が、玄蔵とさなえを見かえして笑うと、二人も土手を見あげて同じように苦笑いした。

三

「ところで俊平、余の腕は上がっておるかの」

江戸城本丸中奥《なかおく》の将軍御座《ござ》の間《ま》で、徳川吉宗は対座する柳生俊平を上目づかいにうかがい見た。

「それは、むろんのこと」

俊平は、二人の間に置かれた将棋盤《しょうぎばん》に目を落としたまま応じた。

俊平は、すでに飛車を取られてかなり劣勢である。

このところ、月に一度ほどの剣術指南の後、俊平は吉宗に誘われて将棋盤を囲んでいる。

吉宗の将棋好きは記録に残るほどで、奇策を弄することなく、局面にとらわれない大きな視点から大胆な手を指してくるため、なかなか次の手が読めない。

「むろん、お強くなられました。それがしなど、すぐに太刀打ちできなくなりましょう。次は角落ちで勝負いたしましょうか」

「はは、面白いことを言う。じゃがそち、なにか勘ちがいしておるようじゃぞ。余の訊ねたのは剣術のほうじゃ」

「あ、これは迂闊《うかつ》でございましたな。上様の剣も、むろん日に日に上達しておられます」

俊平は盤面から顔をあげ、吉宗を見かえして微笑んだ。

「はは、じゃが、尾張の宗春公は免許皆伝。余はまだまだじゃ」

「なんの、あちら尾張柳生は、免状を連発しておりますが、江戸柳生はそう易々《やすやす》とは差しあげられません」

「はは、江戸柳生は厳しいか。しかし妙じゃな、俊平」

にやにや笑っていた吉宗が、俊平の双眸をのぞいた。

「はて、なにがでございます」

「そちも尾張柳生を修めたと聞いたぞ。そちは、どちらの側じゃ。いやどちらが強い」

「はて、それは、お応えするのが難しうございますな。そもそも柳生新陰流はひとつ。大和《やまと》の土豪の柳生石舟斎が、新陰流上泉信綱から伝承されたものでございます。ただ、今どちらのかとお尋ねならば、江戸が強いかと存じます」

「なかなか、上手く逃げたの。それにしても新陰流か。なかなか奥が深いものよの」

「まことに。新陰流は、多くの支流を生み出しております。神君家康公は、奥山休賀斎《おくやまきゅうがさい》に奥山新陰流を学び、皆伝を得られたと聞きおよびまする」

「まこと新陰流と徳川家は、切っても切れぬ縁のようじゃ」

「さようでございます」

「ところで、そちは宗春の剣をどう見るな」

吉宗が興味深げに俊平に尋ねた。俊平が尾張の宗春公と接触したことを吉宗は知っているらしい。

「はて、稽古をおつけしたことはございませぬが、気宇壮大な大刀筋にて、奔放な剣と推察いたします」

「ほう、されば、余の剣は」

「上様の剣は、迷いなくつねに王道をゆく大きな剣。堂々とした迷いのない剣にございます」

「はて、それは買いかぶりじゃ」

吉宗は鷹揚《おうよう》に笑って、また盤面に目を移した。

「ただ、宗春殿の剣とは、似たところもございます」

「ほう、似ておるか」

「さしずめ両者は龍虎《りゅうこ》の剣、互いによく手の内がわかりあえるかもと存じまする」

「わかりあえる……?」

「はい」

「それは、なにゆえそう申す」

「いずこの藩も、幕府も財政改善は急務、尾張藩も同様にございます。問題は、その建てなおしの方法にちがいがあるのみ。上様がそのため、頭を日夜悩ませ、ご苦労されておられることは、宗春殿も承知のようでございます」

「ならば、なにゆえ、協力してくれぬ」

「お考えのちがいでございましょう」

「贅沢をすすめ、金を撒いたところで、米は増えぬ。国も富まぬ。武士の生活は、いっそうあらたまらぬ」

「宗春さまは、金は遣えば回るとお考えでございます。それがしのようなへっぽこ頭では、どちらが正しいか判断がつきませぬが、いずれにしても政策のちがいなどで喧嘩をなさるのはどうかと思います。互いの気持ちにどこか掛けちがいが生じているように思えまする」

「言うたな、俊平。だが、その掛けちがいは何故に生じたのであろう」

「はて、それもそれがしごときが申すことではござりませぬが……」

「そこまで言うたのじゃ。遠慮なく申せ」

「先代、先々代、いや、もっと前からの御三家の対立、そして将軍位を継承なされた当時の確執が尾を引いておるのでございましょう」

「そのことよ」

　吉宗は重く吐息して、

「すぐにはその反感、収まるまい。気長に話しあっていくよりあるまい」

　吉宗は呻くように言った。

「先方も、上様にご配慮なされ、今夕の花火さえ、慎まれておられまする」

「うむ、それは忠相より聞いた。余も、尾張藩蔵屋敷からの出火、さらに尾張藩の狼煙花火が元と思われる深川の出火について不問に伏しておる」

「はい、それが上策かと存じます。ところで、そのことにつきまして……」

「なんじゃ、俊平。申してみよ」

「尾張藩附家老竹腰宗武殿は、御立場もございましょうが、尾張藩にはいささかきつくあたられておられます。尾張藩を貶めるがごとき策謀も、よろしからぬと存じまする」

「うむ、そのことも忠相から聞いた。困ったものじゃ。それになにやら、爺と組んで、一儲けたくらんだとも言う」

吉宗は苦笑いして、俊平を見かえした。

「政というもの、よほど努力せねば腐敗堕落するというが、まことよの。地位を得た者ほど、清廉潔白《せいれんけっぱく》であらねばならぬ。爺には苦言を呈しておこう」

「ありがたきこと」

俊平は、深々と平伏した。

「それから、竹腰のことじゃが、しばらくの間、蟄居《ちっきょ》を命じた。これでよかろう、俊平」

「まことに、よきおはからいと存じまする」

「さて、次にはどのような手を打つか」

吉宗はふたたび、ゆったりと盤面に眼をもどした。

「はて……、それは上様の御意《ぎょい》のまま」

「俊平、おぬしの番じゃ」

吉宗は、俊平を促して、じっと手を見つめ、

「そちは柳生家の養子だけの男ではない。まことに達者な男なのじゃの」

また、盤面から顔をあげて、俊平を見かえした。

「はて、なんのことにござります」

「庭番の玄蔵から聞いた。竹腰の家臣で、新陰流の遣い手を、一刀にて倒したという。その男、尾張柳生の師さえしのぐほどの凄腕であったとか」

「恐れ入ります。それにしても、上様は地獄耳でございますな」

「なんの、庭番の玄蔵が地獄耳なのじゃ。いずれにしてものう、俊平」

「はい」

「わしはそちのような強い剣の師についたこと、誇りに思うぞ」

「もったいないお言葉。上様は剣にても将棋にても着実に腕を上げておられます。このまま怠《おこた》ることなく、稽古をお励みなさりませ。上様は武家の頭領《とうりょう》。まだまだ商人には負けられませぬ」

「うむ、御三家にはせいぜい花火を贅沢に上げてもらおう。尾張殿にも、そう伝えて

おいてくれ」

「かしこまってございます」

俊平はふたたび深々と平伏した。

「ところで、俊平」

「はい」

「まだ勝負が残っておるぞ」

吉宗は、俊平を促して、またからからと笑った。

四

俊平が尾張藩主徳川宗春から、

——親しき者だけの内々の茶会を催したいので、ぜひにもまいられたし。

という趣旨の招待状を受けとったのは、恒例の将軍吉宗への剣術指南があった二日後のことであった。

「しかし、ここは慎重にご判断なされたほうがよろしいのでは。当節、あまり尾張藩にお近づきにならられぬほうが」

梶本惣右衛門は、言いにくそうにそう言って俊平をうかがい見た。

「まあの」

俊平にしてみれば、そのような配慮は無用にしたいが、藩の立場を思えば、そうした考慮もしなければならないのかとも思う。

「やや」

惣右衛門が、俊平から突き出された招待状の末尾に記された追記に目を見張った。

——座興にて、仮装でまいられたし。

とある。

「これは、いったいどのようなことでございましょうな」

惣右衛門は首をかしげた。

「場所は、戸山の下屋敷とございまするぞ」

「なに、下屋敷……」

俊平は、ははあと合点がいった。

宗春は俊平の立場も配慮し、幕府の目に止まらぬよう下屋敷の庭園に招待したものらしい。

それに加えて戸山の下屋敷と聞き、俊平の脳裏に閃《ひらめ》くものがある。

師奥伝兵衛によれば、そこには小田原宿をそっくり真似た町があり、藩士も戯れに町人の装いでその町で仮装を楽んでいるという。

――むしろ、戸山の下屋敷の指定は、その意味もあろうか、
と俊平は思った。

「なるほど、江戸府内の外《はず》れの草深き戸山の下屋敷に、しかも、仮装してまいるとあれば、幕府の目も届きませぬな。宗春公は、なかなか知恵者と存じまする」

惣右衛門は、膝を打って感心している。

「されば、そちもまいるか」

「よろしいのでございますか」

「よい。おそらく、こうした招待状は、先日宗春公にお目通りした伊茶姫のところにも、妙春院どののところにも届いておろう。あるいは、このところ頻繁にお通いになられている中村座にも届いておるやもしれぬ。いや、これは面白いことになった」

「さようでございますな。太閤《たいこう》秀吉は北野《きたの》で大茶会を催し、大名に思い思いに変装して集《つど》わせ、大盛況であったと聞いております」

「そうじゃ。あるいは宗春殿もそれを真似られたのかもしれぬ。舞台は揃っておる。役者もの。あとは、仮装の客がどれだけ愉快な趣向を考え出すかじゃ。舞台は小田原

宿じゃ。わしはいつもの浪人姿でよいが、そちはどうするな」

「はて、それでは、それがしは瓜《うり》を売り歩く老爺とまいりましょう」

「それはたしか北野の大茶会で、太閤殿下が身をやつしたものであったな」

「よくご存じで」

「さて、宗春公は他にどなたをお招きであろう」

「伊茶姫をお招きなれば、一柳様もまいられるのでは」

「もし妙春院どのを招くのであれば、柳河藩主立花貞俶殿も招かれるやもしれぬの」

「ついでにと言ってはなんでございますが、立花貫長殿、段兵衛殿も招かれるやもしれませぬ」

「なるほど、奥先生が間に入っておられるなら、そのような配慮もあろう」

そう言いながら、主従が輿に乗って三日後の仮装の宴の話題に花を咲かせていると、稽古を終えた段兵衛と伊茶姫が部屋に入ってきた。

「聞いたか、俊平。尾張藩下屋敷での茶会だ」

段兵衛が、伊茶姫と顔を見あわせ、うなずきながら言った。

「うむ」

俊平と惣右衛門が、顔を見あわせた。

やはり、段兵衛にも伊茶姫のもとにも招待状が届いているらしい。

「招待状には、兄上ともども、お訪ねくだされ、とござりました。兄はそのような場など恐れおおいと申しておりましたが、わたくしがぜひにもと誘うと、されば、と重い腰をあげられました」

「いやいや、お気の弱い。わが兄貫長は、喜んでおったぞ。おひさとともに行くという。それから妙春院は、伯父御立花貞俶殿を誘っていくという。ううむ。これは盛大な茶会となるの」

段兵衛が、唸るように言った。

「みな、仮装していくのであろう」

「むろんだ。ちょうどどのような装いとするか、考えていたところ」

「段兵衛、おぬしは、どうする」

「さて、それはその日の楽しみに言わずにおく」

「わたくしもでございます」

伊茶姫もそう言い、ふふ、と胸を抑えて含み笑った。

三日後、柳生俊平、梶本惣右衛門主従は、浪人者と百姓の奇妙な二人連れとなって町駕籠をひろい、尾張藩下屋敷を訪れた。

俗に戸山荘と呼ばれるこの下屋敷は、二代藩主光友の時に造られている。寛文九年（一六六九）に造営が始められ、二年後には将軍家から隣接なる八万五千坪の土地を拝領し、合わせて十三万坪という広大な屋敷となった。

御殿は東南の一辺にあるのみで、ほとんどが庭園である。

もともとがこの地は和田《わだ》、戸山という二つの村があったところで、武蔵野台地に入り込む谷川を風流に取り入れ、起伏に富んだ地形を生かした壮大なる庭園となっている。

敷地の中央に二万坪の池が掘られ、その土を揚げて山が築かれ、〈箱根山〉と呼んでいるようであった。

箱根山から発想を得たのか、その脇に街道がつくられ宿場が築かれる。

小田原宿である。

むろん本物の小田原宿ではないが、宿場に似せて、さまざまな工夫が施されている。

門衛に訪問を告げると、万事心得ているらしく、丁寧に園内の配置を描いた絵図を俊平と惣右衛門に手渡した。

「されば、ゆるりとまいるか」

手拭いで頬被《ほうかむ》りして腰に瓜の入った竹籠をつるして歩く惣右衛門を振りかえり、絵図を頼りに園内をすすむと、なるほど中央に高い丘が見えてくる。

箱根山である。

街道沿いの店をのぞいてみる。

間口は最小で二間、奥は九尺ほどで、長い建物を分けて二店三店にしているものもある。

出格子のあるもの、軒下に床几《しょうぎ》のようなものを備えている店もある。

店の土間には、甕や炉や棚などが造られている。

店はさまざまで、植木屋、花屋、茶店なども見られる。

「ご覧くだされ」

惣右衛門が茶店の団子《だんご》を指さした。

木で作り、白く塗った団子や田楽《でんがく》が並べられている。

弓師の店では、二、三十張の弓が弓固めに置かれている。

合羽《かっぱ》屋、提灯屋、茶を売る店には茶壺《ちゃつぼ》がならんでいる。

「和田戸庵」と札のかかった医者の家では、これから出かけるところらしく、薬箱が菖蒲革《しょうぶがわ》のおおいにかけられて戸口に出ている。

「国助《くにすけ》と書かれたもの、あれは何屋だ」

俊平が惣右衛門に問いかけた。

「鍛冶屋《かじや》でございますな。あれに、御前茶屋というものがあります。あれには、人がおります。ひと休みいたしませぬか」

惣右衛門に誘われて店に入ると、裏に突き出すように部屋が造られており、窓が開いていて、庭の眺めが楽しめる。

店主が注文を取りにきたので、茶と草餅《くさもち》を所望した。

「あの方々も、尾張藩士でございましょうな」

「そうであろう。みな楽しみながらやっておるようじゃ」

俊平も、しだいにこの遊びに魅了されてくる。

と、町人風の人々が、大勢店に入ってきた。

「おお、これは柳生様」

声をかけてきたのは、なんと市川団十郎である。

振り分け荷に三度笠《さんどがさ》の渡世人《とせいにん》の身形《みなり》をした一団である。

さすがに役者だけに変装も板についたもので、小田原宿の光景にぴたりと合っている。

玉十郎、宮崎翁の姿もある。

「今日は早々と舞台からひとっ飛び、小田原宿に来てしまいました。茶屋で外郎《ういろう》をふんだんに買い込むことができました」

団十郎が笑いながら俊平に言った。

付き人の達吉が、外郎と書いた薬袋を幾つも抱えている。

玉十郎が明るい顔で宮崎翁と並んでいるところを見ると、村上義清の重臣の娘の手柄ばなしができたらしい。

「どうです、出来は」

俊平が宮崎翁に訊ねると、

「いやいや、光るところはわずかにあるが、まだまだだね。もっと頑張らなくちゃ」

宮崎翁の評価は甘くない。

だが、玉十郎が明るい顔をしているところを見ると、総評はそう悪く言われていなかったらしい。

「たしかに、女武者の更科姫はよく描いているね。妙春院さまを、よく観ていたんだろうね」

宮崎翁が、玉十郎の肩をたたいた。

みな揃って茶店でひと心地つく。

「あちらにおられるのは、伊茶姫と一柳様では」

惣右衛門が、店の窓から庭を見まわした。

瞽女《ごぜ》の女が一人、連れは傀儡子《くぐつし》である。一柳頼邦と伊茶姫である。

二人は店に入ってくると、緋毛氈《ひもうせん》の床几に腰を下ろした。

「いや、庭をひとまわりしてみたが、さすがに広い」

一柳は、息を切らしている。

「瞽女とは、面白い。今日は一柳殿の三味《しゃみ》が聞けるのですね」

俊平が面白そうに問いかけると、

「うむ、お局館で三味線をやっていたのが幸いした。尾張公に一曲所望されても、これで大丈夫だ」

一柳頼邦は、緊張が抜けないのか、三味線を固く握りしめている。

「兄さま、尾張公はきっと三味線などご所望になりませぬ。もしなにか芸をお見せするのであれば、あの蜜柑《みかん》摘みのほうが楽しうございます」

伊茶姫は、兄の緊張をほぐすように言った。

頼邦の蜜柑摘みは、俊平にも立花貫長にも、蓬萊屋の芸者衆にも大受けだったものである。

ゆったりと茶を飲めば、藩士が町人のかっこうで、裏方をつとめているのがよくわかった。そうした藩士だけで、数十人は出張っていよう。

いずれも、それぞれの仮装を見て大いに楽しんでいるようである。

「まるで龍宮城《りゅうぐうじょう》のようだの」

俊平がそう言ったとき、街道を駕籠に揺られてこちらに向かってくる者たちがある。

箱根の雲助《くもすけ》さながらの駕籠舁《か》きは、どこかで見たことのある顔であった。

「前を担ぐのは、柳河藩主立花貞俶殿ではないか」

一柳頼邦が言った。

「後を担いでいるのは、立花貫長殿。あいや、駕籠に乗っているのは、おひさどのだ」

おひさは、箙《えびら》をしっかりかかえている。そのまま矢場の女である。

伊茶姫がくすくすと笑いだした。

「信じられぬ光景だ。なにか、悪い夢でも見ているような気がする」

俊平は、茫然と見つめたまま、顔を動かすこともできない。

「みな、どうしてどうして遊び心にあふれておるの。わたしらはちとありふれておったかの」

一柳頼邦は我が身をかえりみて、肩を落とした。

「兄上、大丈夫でございます。兄上には、兄上の芸がございますれば」

伊茶姫が頼邦を慰めたところで、
駕籠昇きの一行が、店の前で留まった。

「おお、まいられたの、立花殿」

俊平が二人の藩主とおひさを迎えた。

「はて、おひさどの、されば、妙春院殿はどちらに」

俊平がおひさに問いかけると、おひさは、俊平を上目づかいに見て、ふふふと笑った。

「なにか、企んでおるな」

「いえいえ。あの方はすぐこれにまいりましょう」

「待てい、待たれよ。牛若丸」

いきなり俊平の背後から声がかかった。

振りかえれば、尼僧姿の妙春院が薙刀をつかんで、仁王立ちしている。

背には人から巻きあげた刀を数本担いでいる。おそらく重すぎるはずで、竹光《たけみつ》であろう。

背後に兜巾篠懸《ときんすずかけ》の修験者装束の花火師たちが従っている。

「おお、これは弁慶ではないのか」

団十郎が、大きな声をあげた。

まるで勧進帳《かんじんちょう》の弁慶さながらの妙春院の姿は、男顔負けの偉丈夫である。

「ところで、俊平さまにお願いがございます」

妙春院は、あらためて俊平に一礼した。

「どうなされた、妙春院殿」

「こたびの趣向、柳生様にも一役、演じていただかねば話が面白うなりませぬ。これに、ご衣装を用意いたしました。どうか、お着替えくだされ」

妙春院はそう言うと、おひさが用意してきた大風呂敷を広げて、なにやら紫色の装束を一式取り出した。

「牛若丸の衣装でございます」

俊平は、うっと小さく声をあげて退いた。

「茶店の奥でお着替えなされませ」

おひさが、ぜひにと俊平に迫る。

「私が牛若とは、ちと歳を取りすぎておらぬか」

苦笑いしながら、装束一式を受け取ると、

「愉快、愉快。されば、お着替えは達吉に手伝わせましょう」

団十郎がそう言って、付き人の達吉に俊平の手伝いをさせた。

店奥から出てきた俊平の牛若も、なかなか様になっている。

「皆様、宴席のご用意ができました」

下屋敷留守居役《るすいやく》の安藤某というものが列席した一同を茶屋まで迎えに来ると、みな揃って下屋敷御殿へと向かう。

ぞろぞろ風変わりな装束の一行が、広大な庭を過《よぎ》って行進する様は、かなり奇妙である。御殿では、家士が振りかえって一行を見かえしていく。

「こちらで、しばしお待ちくだされたし」

白書院にみなを誘って留守居役が言えば、眼前に広がるのは茶席などではなく、芝居茶屋の宴席を何倍にも豪華にした酒膳が用意されている。

「これは、どうしたことだ」

一柳頼邦と立花貫長が、目を瞠った。

これほど華やかな宴は、見たこともない。

「膳の料理を見よ。御三家の方々は、常々このようなものを召しあがっておられるのか」

一柳頼邦がもの欲しそうに、膳の料理をのぞき込んだ。

「兄上、はしたのうございます」

「あ、これは」

一柳頼邦は、はっと我に返って赤面した。

「いやいや、一柳殿が驚かれるのも無理からぬこと。柳河藩十万石でも、とてもこのような宴は持てぬ。それどころか、かわいい妹に、花火屋をやらせて藩の財政を立直させているのだ」

立花貞俶がしみじみした口調で言うと、一同しんみりと黙り込んだ。

「まあ、みなさん。一万石とはいえ、お大名じゃァございませんか。しけたことは言いなさらずに、今宵は御三家筆頭尾張様のお招きなのです、豪華であたりまえ、賑やかにまいりましょう。宗春公もきっとみなさんが、羽を伸ばして寛《くつろ》いでくださるほうが嬉しいはず」

「さすが、千両役者。わたしらとは格がちがう」

貫長が唸るように団十郎を見かえすと、また先ほどの留守居役が現れ、

「本日は、無礼講と我が殿も申しております。お好きなお席にお座りくだされ」

そう言ってから、みなを思い思いの席に座らせる。

「じつは、本日はみなさまのお仲間を、もう六人お呼びしております」

安藤は謎をかけるように言った。

「はて、もう六人。それは男ですか、それとも女……？」

俊平が安藤に問いかけると、

「じつは、女人でございます」

「ふむ、わかったぞ」

牛若丸の装束のまま、俊平が膝を打った。

と前方の襖が左右に分かれ、大奥のお中臈《ちゅうろう》さながら、お局様方が姿を現した。

幾年も前に脱ぎ捨てた大奥での夏の装束をしっかり着込んでいる。

六人の前には琴《こと》が並んでいる。

「だが、なぜだ」

声をあげたのは、段兵衛である。

「なぜ、お局方が」

俊平もつい声をあげた。

「じつは……」

俊平の隣で、伊茶姫が一同をうかがいながら遠慮がちに言った。

「お局さま方もお招きいただきたいと奥伝兵衛先生を通して尾張さまにお願いしたところ、それは面白いとご承諾いただきました。尾張公は上様の向こうを張るおつもりでしょうが、それはそれ。お局様方は追い払われた大奥に帰ったつもりで、本日は楽しみたいと申されておられました。本日は、お局方々の得意の芸を、たっぷりご披露いただくことになっております」

「それはよい。それはよい」

立花貫長も、立花貞俶も大喜びである。

「まるで、一時、将軍になった気分じゃ」

「おお、お揃いでおられるな」

前方の脇の襖が開いて、いきなり妙な男が姿を現した。

よく見れば、尾張藩主徳川宗春である。

その恰好を見て、宴席でどよめきが起こった。

宗春の恰好は、大きな腹巻で鉞《まさかり》を担ぎ、頭の三倍もあろうという黒々とした鬘《かつら》を被っている。

「宗春さま、そのお姿、足柄山《あしがらやま》の金太郎《きんたろう》ではございませぬか」

「わかるか、団十郎」

宗春は、得意気に笑ってから、

「皆の衆も、なんとも面白い変装じゃの。雲助駕籠屋に、矢場女も。弁慶と牛若丸もおるな。瓜売りは柳生殿ご家臣と見た」

「お初に御意を得まする。柳生藩用人梶本惣右衛門」

「まあ、そう堅苦しくなされるな。今日は無礼講じゃ」

宗春が部屋の隅の用人に指示をすると、町人や旅人、町娘とさまざまな装束に身をやつした下屋敷詰めの藩士や女中が追加の酒を用意して部屋に入ってくる。

「さあ、お好きに飲み食いして楽しんでくだされよ。ここは、戸山の龍宮城じゃ」

「今日はお招きにあずかり、ありがとうございます」

俊平が、一同を代表して深々と平伏した。

「なに、これくらいのこと。みなにはこたび尾張藩の窮地を救うていただいた。さいわい、蔵屋敷はすぐに鎮火し、ぼや程度で終わった。深川に飛んだ火の粉も鎮火し、大火とならずにすんだ。また尾張藩の打ち上げ狼煙花火は、幕府へ挑戦する砲術の訓練でないことも、ご公儀におわかりいただいた」

「それは、祝着至極《しゆうちやくしごく》にございまする」

「たとえ千金を積もうとも、人間一人の命にはかえがたく思うておる」

宗春は言う。

「江戸深川の町民に、大した犠牲が出なかったのがなにより」

「まことにございます。妙春院どのの店の者が、命に代えて大黒屋に命ぜられた火薬の量を減らしたこと、二名の者は命を捨てて逃げかえり、町方に大事を通報したことが功を奏《そう》しました」

俊平は妙春院と有明屋の花火師を讃《たた》えると、

「そうであったな。これから、わが尾張家の花火のこと、よしなに頼む。おおそうじゃ」

宗春は背後の奥伝兵衛をみなの前に呼び出した。

「よい報せがとどいておる。大黒屋に命じられてやむなく火付けの犯行に及んだ飛驒の一党は、罪を減ぜられ江戸十里四方所払い、飛驒に戻ったという」

「飛驒の男たちも目が覚めたであろう。まあ、難しい話はこれくらいじゃ。みな、おおいに寛《くつろ》いでくれ」

宗春は家臣一同に酒を勧めさせた。

お局様方の音曲が始まる。

驚いたことに、別室にはお弟子の者たちも呼ばれていて、琴の後は三味や鼓が加わる。

「俊平さまも、いかがでございます」

伊茶姫が俊平の袖を引くと、

「されば、私も」

尾張藩の家士の差し出す鼓を受けとって、俊平も音曲方に加わった。

お局方に乞われて奥伝兵衛が、三味線方に加わる。

聞くに堪えない音色も、だいぶあらたまっているようであった。

賑やかな宴が、さらにつづく。

団十郎一座が鏡獅子《かがみじし》を踊り、さらに立花貫長と段兵衛はお得意の猿若舞《さるわかま》い、一柳の蜜柑摘みの珍芸まで飛び出し、町人や農民に扮した下屋敷の家臣も大喜びである。

お局方との賑やかな合奏がひとくぎりついたところで、奥伝兵衛がするすると俊平に近づいてきた。

「ご師範、だいぶお上手になられましたな。他のお弟子の方々と遜色《そんしょく》ありませんでした」

「いや、世辞でもそう言うてもらえると嬉しい」

伝兵衛が満足そうにうなずいて、

「本日は、まことによき日となった。殿もこのところ鬱々《うつうつ》とされておられたが、あのように明るいお顔となられて、家臣一同も大喜びじゃ」

「さきほどご師範は、その後の大黒屋の一党のご処置をお伝えくだされましたが、気になる者どものその後もおうかがいしてもよろしうございますか」

「なんでも訊いてくだされ」

「附家老竹腰正武のご処置は、どうなされましたか」

「うむ、それじゃ。できれば尾張藩を追い出したいところじゃが、そうもいかぬ。じゃが、吉報が届いておる」

「と、申されますと……」

「上様が竹腰を呼び出し、さんざんに苦言を呈され、三カ月の蟄居を申し渡されたそうじゃ。それから、こたびの黒幕有馬氏倫じゃ」

「はい」

「上様も氏倫にはご遠慮があるのであろう。お呼び出しのうえ、きつく苦言を呈されたそうじゃが、格別のご処分なしであった」

「そうでございましょう」

俊平も軽く溜息をついた。

「上様と有馬は、切っても切れぬご関係じゃからの」

「すべてが、こちらの思いどおりにいかぬがこの世というものよ。しかし、俊平。色部又四郎を倒したのはこたびいちばんのよき事であった」

「それを、ご師範の口からお聞きするのは辛うございます」

「いや、よいのじゃ。剣の道を踏み外した者は、剣によって報いを受ける。それほど剣の道とは厳しいものなのじゃ」

伝兵衛が、やさしく俊平の肩をとってそう言った時、

「さあ、これより私の大好きな芝居の面子《メンツ》が揃ったようだ」

一同を見まわして、宗春が言った。

「はて、それはなんでございましょう」

伝兵衛が、主を見あげて問いかけた。

「ここに、弁慶と牛若がおる。それに市川団十郎じゃ」

宗春の言葉に、宴の席からどよめきが上がった。

「されば、勧進帳をぜひとも身近に観たいものじゃ」

宗春が三人をそれぞれに見かえした。

「さらば、わたくしめは関守富樫《せきもりとがし》でございますな。むろんお引き受けいたす」

団十郎が面白そうに応じた。

「されど、私は台詞《せりふ》がわかりませぬ」

俊平がおおいに弱って妙春院を見かえした。

「わたくしもでございます」

「されば、浄瑠璃《じようるり》風に演じるのはいかがじゃ」

「私どもは、人形でございますか」

「じつは、さきほどご両人の扮装《ふんそう》を帯刀から聞き、台本を用意させてあるのじゃ」

宗春が得意気に言った。

「されば宮崎翁、玉十郎、よろしく頼みます」

団十郎に指名されて、二人は緊張のおももちで台本を開いた。

やがて三人芝居が佳境《かきよう》に入ると、妙春院は弁慶さながら豪快に酒を平らげ、舞い踊る。

「待ってました、女弁慶！」

「成田屋《なりたや》ッ！」

「新陰流――！」

とあちこちで掛け声が飛ぶ。

下屋敷白書院を特設舞台とした団十郎、俊平、妙春院の奇妙な『勧進帳』は、これまた奇妙な装束の観客を前に、夜遅くまで繰りひろげられた。

時代小説
二見時代小説文庫

女弁慶《おんなべんけい》　剣客大名《けんかくだいみょう》　柳生俊平《やぎゅうとしひら》4

著者　麻倉一矢《あさくらかずや》

発行所　株式会社 二見書房
東京都千代田区三崎町二－一八－一一
電話　〇三－三五一五－二三一一［営業］
〇三－三五一五－二三一三［編集］
振替　〇〇一七〇－四－二六三九

印刷　株式会社 堀内印刷所

製本　株式会社 村上製本所

落丁・乱丁本はお取り替えいたします。
定価は、カバーに表示してあります。

ISBN978－4－576－16130－3
http://www.futami.co.jp/

剣客大名 柳生俊平《としひら》 将軍の影目付

麻倉一矢［著］

柳生家第六代藩主となった柳生俊平は、八代将軍吉宗から密かに影目付を命じられ、難題に取り組むことに…。実在の大名の痛快な物語！ 新シリーズ第1弾！

赤鬚の乱 剣客大名 柳生俊平2

麻倉一矢［著］

将軍吉宗の命で開設された小石川養生所は、悪徳医師らの巣窟と化し荒みきっていた。将軍の影目付・柳生俊平は盟友二人とともに初代赤鬚を助けて悪党に立ち向かう！

海賊大名 剣客大名 柳生俊平3

麻倉一矢［著］

豊後森藩の久留島光通《くるしまてるみち》、元水軍の荒くれ大名が悪徳米商人と大謀略！ 俊平は一万石同盟の伊予小松藩主らと共に、米価高騰、諸藩借財地獄を陰で操る悪党と対決する！

はみだし将軍 上様は用心棒1

麻倉一矢［著］

目黒の秋刀魚《さんま》でおなじみの忍び歩き大好き将軍家光《いえみつ》が浅草の口入れ屋に居候。彦左や一心太助、旗本奴や町奴、剣豪らと悪党退治！ 胸がスカッとする新シリーズ！

浮かぶ城砦 上様は用心棒2

麻倉一矢［著］

独眼竜正宗がかつてイスパニアに派遣した南蛮帆船の絵図面を紀州頼宣《よりのぶ》が狙う。口入れ屋の用心棒に姿をかえた家光《いえみつ》は…。あの三代将軍家光が城を抜け出て大暴れ！

かぶき平八郎荒事始 残月二段斬り

麻倉一矢［著］

大奥大年寄・絵島の弟ゆえ重追放の咎を受けた豊島平八郎、八年ぶりに江戸に戻った。溝口派一刀流の凄腕を買われて二代目市川團十郎の殺陣師に。シリーズ第1弾！

百万石のお墨付き かぶき平八郎荒事始2

麻倉一矢［著］

五代将軍からの「お墨付き」を巡り、幕府と甲府藩の暗闘。元幕臣で殺陣師の平八郎は、秘かに尾張藩の助力も得て将軍吉宗の御庭番らと対決。シリーズ第2弾！

閻魔の女房 北町影同心1
沖田正午［著］

巽真之介は北町奉行所で「閻魔の使い」とも呼ばれる凄腕同心。その女房の音乃は、北町奉行を唸らせ夫も驚くほどの機知にも優れた剣の達人！ 新シリーズ第1弾！

過去からの密命 北町影同心2
沖田正午［著］

音乃は亡き夫・巽真之介の父である元臨時廻り同心の丈一郎とともに、奉行直々の影同心として働くことになった。嫁と義父が十二年前の事件の闇を抉り出す！

挑《いど》まれた戦い 北町影同心3
沖田正午［著］

音乃の実父義兵衛が賂《まいない》の罪で捕らえられてしまう。無実の証を探し始めた音乃と義父丈一郎だが、義父もあらぬ疑いで…。絶体絶命の音乃は、二人の父を救えるのか!?

公家武者 松平信平《のぶひら》 狐のちょうちん
佐々木裕一［著］

後に一万石の大名になった実在の人物・鷹司松平信平。紀州藩主の姫と婚礼したが貧乏旗本ゆえ共に暮せない。町に出ては秘剣で悪党退治。異色旗本の痛快な青春！

姫のため息 公家武者 松平信平2
佐々木裕一［著］

江戸は今、二年前の由比正雪の乱の残党狩りで騒然。背後に紀州藩主頼宣追い落としの策謀が……!? まだ見ぬ妻と、舅を護るべく、公家武者松平信平の秘剣が唸る！

四谷の弁慶 公家武者 松平信平3
佐々木裕一［著］

結婚したものの、千石取りになるまでは妻の松姫とは共に暮せない信平。今はまだ百石取り。そんな折、四谷で旗本ばかりを狙い刀狩をする大男の噂が舞い込んできて…。

暴れ公卿 公家武者 松平信平4
佐々木裕一［著］

前の京都所司代・板倉周防守が狩衣姿の刺客に斬られた。狩衣を着た凄腕の剣客ということで、疑惑の渦中の信平に、老中から密命が下った！ シリーズ第4弾！

千石の夢　公家武者 松平信平5
佐々木裕一［著］

あと三百石で千石旗本！ そんな折、信平は将軍家光の正室である姉の頼みで父鷹司信房の見舞いに京へ…。松姫への想いを胸に上洛する信平を待ち受ける危機とは!?

妖《あや》し火　公家武者 松平信平6
佐々木裕一［著］

江戸を焼き尽くした明暦の大火。千四百石となっていた信平も屋敷を消失、松姫の安否も不明。憂いつつも庶民救済と焼跡に蠢く企みを断つべく、信平は立ち上がった！

十万石の誘い　公家武者 松平信平7
佐々木裕一［著］

明暦の大火で屋敷を焼失した信平。松姫も紀州で火傷の治療中。そんな折、大火で跡継ぎを喪った徳川親藩十万石の藩士が信平を娘婿にと将軍に強引に直訴してきて…。

黄泉《よみ》の女　公家武者 松平信平8
佐々木裕一［著］

女盗賊一味が信平の協力で処刑されたが頭《かしら》の獄門首が消え、捕縛した役人も次々と殺された。下手人は黄泉から甦った女盗賊の頭!? 信平は黒幕との闘いに踏み出した！

将軍の宴　公家武者 松平信平9
佐々木裕一［著］

四代将軍家綱の正室顕子女王に京から刺客が放たれたとの剣呑な噂が…。老中らから依頼された信平は、家綱主催の宴で正室を狙う謎の武舞に秘剣鳳凰の舞で対峙する！

宮中の華　公家武者 松平信平10
佐々木裕一［著］

将軍家綱の命を受け、幕府転覆を狙う公家を倒すべく信平は京へ。治安が悪化し所司代も斬られる非常事態のなか、宮中に渦巻く闇の怨念を断ち切ることができるか！

乱れ坊主　公家武者 松平信平11
佐々木裕一［著］

信平は京で息子に背中を斬られたという武士に出会う。京で〝死神〟と恐れられた男が江戸で剣客を襲う!? 身重の松姫には告げず、信平は命がけの死闘に向かう！

領地の乱　公家武者 松平信平12
佐々木裕一［著］

天領だった上総国長柄郡下之郷村が信平の新領地に。坂東武者の末裔を誇る百姓たちと公家の出の新領主の相性は⁉ 更に残虐非道な悪党軍団が村の支配を狙い…。

赤坂の達磨《だるま》　公家武者 松平信平13
佐々木裕一［著］

信平は桜田堀で、曲者に囲まれた一人の老侍を助けた。男は元備中成井藩の江戸家老で、達磨先生と呼ばれる男であった。五万石の備中の小藩に吹き荒ぶ嵐とは⁉

将軍の首　公家武者 松平信平14
佐々木裕一［著］

腰に金の瓢箪の刺客が将軍家綱の首を狙って本丸御殿まで迫った！ 次々襲われる有力な幕閣。徳川の世の終焉を謀るは誰か⁉ 信平は巨大な謀略の黒幕に迫る！

浮世小路 父娘《おやこ》捕物帖　黄泉からの声
高城実枝子［著］

味で評判の小体な料理屋。美人の看板娘お麻と八丁堀同心の手先、治助。似た者どうしの父娘に今日も事件が舞いこんで…。期待の女流新人！ 大江戸人情ミステリー

緋色のしごき　浮世小路 父娘捕物帖2
高城実枝子［著］

事件とあらば走り出す治助・お麻父娘のもとに、今日も市中で殺しの報が！ 凶器の緋色のしごきは何を示すのか⁉ 半村良の衣鉢を継ぐ女流新人が贈る大江戸人情推理！

髪結いの女　浮世小路 父娘捕物帖3
高城実枝子［著］

女髪結いのお浜はかつて許嫁の利八を信じて遊女となった。足を洗えた今も利八は戻らず、お浜は重い病に。江戸に戻っていた利八に、お麻の堪忍袋の緒が切れた！

火の玉同心 極楽始末　木魚の駆け落ち
聖 龍人［著］

駒桜丈太郎は父から定町廻り同心を継いだ初出仕の日、奇妙な事件に巻き込まれた。辻売り絵草紙屋「おろち屋」、御用聞き利助の手を借り、十九歳の同心が育ってゆく！

闇公方《やみくぼう》の影　旗本三兄弟 事件帖1
藤水名子［著］

幼くして父を亡くし、母に厳しく育てられた、徒目付組頭の長男・太一郎、用心棒の次男・黎二郎、学問所に通う三男・順三郎。三兄弟が父の死の謎をめぐる悪に挑む！

徒目付《かちめつけ》密命　旗本三兄弟 事件帖2
藤水名子［著］

徒目付組頭としての長男太一郎の初仕事は、若年寄からの密命！旗本相手の贋作詐欺が横行し、太一郎は、敵をあぶりだそうとするが、逆に襲われてしまい……。

六十万石の罠　旗本三兄弟 事件3
藤水名子［著］

尾行していた吟味役の死に、犯人として追われる太一郎。何者が何故、徒目付を嵌めようとするのか⁉お役目一筋が裏目の闇に見えぬ敵を両断できるか！第3弾！

将軍の跡継ぎ　御庭番の二代目1
氷月葵［著］

家継の養子となり、将軍を継いだ元紀州藩主・吉宗。吉宗に伴われ、江戸に入った薬込役・宮地家二代目「加門」に将軍吉宗から直命下る。世継ぎの家重を護れ！

人生の一椀　小料理のどか屋 人情帖1
倉阪鬼一郎［著］

もう武士に未練はない。一介の料理人として生きる。一椀、一膳が人のさだめを変えることもある。剣を包丁に持ち替えた市井の料理人の心意気、新シリーズ！

倖せの一膳　小料理のどか屋 人情帖2
倉阪鬼一郎［著］

元は武家だが、わけあって刀を捨て、包丁に持ち替えた時吉の「のどか屋」に持ちこまれた難題とは…。心をほっこり暖める時吉とおちよの小料理。感動の第2弾！

結び豆腐　小料理のどか屋 人情帖3
倉阪鬼一郎［著］

天下一品の味を誇る長屋の豆腐屋の主が病で倒れた。このままでは店は潰れる…。のどか屋の時吉と常連客は起死回生の策で立ち上がる。表題作の他に三編を収録

手毬寿司　小料理のどか屋 人情帖4

倉阪鬼一郎［著］

江戸の町に強風が吹き荒れるなか上がった火の手。店を失った時吉とおちよは無料炊き出し屋台を引いて復興への一歩を踏み出した。苦しいときこそ人の情が心にしみる！

雪花菜飯《きらずめし》　小料理のどか屋 人情帖5

倉阪鬼一郎［著］

大火の後、神田岩本町に新たな小料理の店を開くことができた時吉とおちよ。だが同じ町内にけれん料理の黄金屋金多が店開きし、意趣返しに「のどか屋」を潰しにかかり…

面影汁　小料理のどか屋 人情帖6

倉阪鬼一郎［著］

江戸城の将軍家斉から出張料理の依頼！　隠密・安東満三郎の案内で時吉は江戸城へ。家斉公には喜ばれたものの、知ってはならぬ秘密の会話を耳にしてしまった故に…

命のたれ　小料理のどか屋 人情帖7

倉阪鬼一郎［著］

とうてい信じられない、世にも不思議な異変が起きてしまった！　思わず胸があつくなる！　時を超えて伝えられる命のたれの秘密とは？　感動の人気シリーズ第7弾

夢のれん　小料理のどか屋 人情帖8

倉阪鬼一郎［著］

大火で両親と店を失った若者が時吉の弟子に。皆の暖かい励ましで「初心の屋台」で街に出たが、謎の事件に巻きこまれた！　団子と包玉子を求める剣呑な侍の正体は？

味の船　小料理のどか屋 人情帖9

倉阪鬼一郎［著］

もと侍の料理人時吉のもとに同郷の藩士が顔を見せて、相談事があるという。遠い国許で闘病中の藩主に、もう一度、江戸の料理を食していただきたいというのだが。

希望粥《のぞみ》　小料理のどか屋 人情帖10

倉阪鬼一郎［著］

神田多町の大火で焼け出された人々に、時吉とおちよの救け屋台が温かい椀を出していた。折しも江戸では男児ばかりが行方不明になるという奇妙な事件が連続しており…。

心あかり 小料理のどか屋 人情帖11
倉阪鬼一郎［著］

「のどか屋」に、凄腕の料理人が舞い込んだ。二十年前に修行の旅に出たが、残してきた愛娘と恋女房への想いは深まるばかり。今さら会えぬと強がりを言っていたのだが…。

江戸は負けず 小料理のどか屋 人情帖12
倉阪鬼一郎［著］

昼飯の客で賑わう「のどか屋」に半鐘の音が飛び込んできた。火は近い。小さな倅を背負い、女房と風下へ逃げ出した時吉。…と、火の粉が舞う道の端から赤子の泣き声が！

ほっこり宿 小料理のどか屋 人情帖13
倉阪鬼一郎［著］

大火で焼失したのどか屋は、さまざまな人の助けも得て旅籠付きの小料理屋として再開することになった。「ほっこり宿」と評判の宿に、今日も訳ありの家族客が…。

江戸前祝い膳 小料理のどか屋 人情帖14
倉阪鬼一郎［著］

十四歳の娘を連れた両親が宿をとった。娘は兄の形見の絵筆を胸に、根岸の老絵師の弟子になりたいと願うが。同じ日、上州から船大工を名乗る五人組が投宿して…。

ここで生きる 小料理のどか屋 人情帖15
倉阪鬼一郎［著］

のどか屋に網元船宿の跡取りが修業にやって来た。その由吉、腕はそこそこだが魚の目が怖くてさばけないという。ある日由吉が書置きを残して消えてしまい…。

天保つむぎ糸 小料理のどか屋 人情帖16
倉阪鬼一郎［著］

桜の季節、時吉は野田の醤油醸造元から招かれ、息子千吉を連れて出張料理に出かけた。その折、足を延ばした結城で店からいい香りが…。そこにはもう一つのどか屋が!?

ほまれの指 小料理のどか屋 人情帖17
倉阪鬼一郎［著］

のどか屋を手伝うおしんは、出奔中の父を見かけた。父は浮世絵版木彫りの名人だったが、故あって家を捨てていた。死んだおしんの弟の遺した鉋《かんな》を懐にした父は……。